Lotte Kinskofer

Wie der Klavierling sich verliebte

Lotte Kinskofer

Wie der Klavierling sich verliebte

Mit Illustrationen von
Verena Ballhaus

BAJAZZO VERLAG

Herzlichen Dank an Thomas Minssen. Von ihm stammt die Idee, dass sich der Klavierling verliebt und dabei über sich selbst hinauswächst. Er hat mit mir zusammen den Gedanken weiterentwickelt – bis zu diesem Buch. Er war mir auch in allen Phasen des Schreibens ein guter Ratgeber. Er ist ein Lektor, der nicht nur die großen und kleinen Fehler sieht, sondern auch die Dramaturgie der Geschichte im Auge behält.

Lotte Kinskofer

Lektorat: Thomas Minssen
Umschlaggestaltung: Verena Ballhaus
Herstellung: Manfred Neugebauer

ISBN 3 907588 33 9
www.bajazzoverlag.ch

Inhalt

Kinder und Künstler

»Schluss für heute«, sagte Herr Richter zu Daniela. Die atmete tief durch, erleichtert und froh, die Klavierstunde ordentlich hinter sich gebracht zu haben. Sie lächelte den Klavierlehrer an, packte ihre Noten ein und stand auf.

»Das war sehr gut«, sagte der anerkennend.

Eine ganz normale Musikstunde? Fast, aber nur fast. Denn auf dem Klavier saßen fünf Klavierlinge und applaudierten. Klavierlinge? Die kennt ihr nicht? Klavierlinge sind kleine Wesen, die in Klavieren sitzen, sich von Tönen ernähren und Fehler verhindern. Erwachsene können diese Wesen meistens nicht sehen. Nur Kinder und Künstler haben diese Gabe, so wie Daniela und Thomas Richter.

Vater und Mutter Klavierling und ihre Kinder Acceleranda, Glissando und Crescendo waren begeistert von Danielas Fortschritten. Munter redeten sie durcheinander:

»Vorzüglich.«

»Sorgfältig geübt und intensiv im Ausdruck.«

»Der große Johann Sebastian Bach wäre stolz auf dich«, rief Crescendo und klatschte begeistert weiter, als die anderen schon längst aufgehört hatten.

Daniela stand auf.

»Wo wollt ihr denn heute sitzen?«, fragte sie die Klavierlinge, die sie fröhlich anstrahlten.

»Auf der Schulter«, sagte Crescendo.

»Ich am Ohr«, meinte sein kleiner Bruder Glissando.

»Ich auf dem Kopf, denn ich wünsche viel zu sehen«, sagte Crescendos Schwester Acceleranda.

»Wäre es möglich, dass wir uns in der Tasche aufhalten?«, fragten Crescendos Eltern vorsichtig. »Uns ist die Welt zu groß und weit, wenn wir auf deiner Schulter sitzen.«

Daniela nickte. Sie brachte alle Klavierlinge so unter, wie sie es sich gewünscht hatten, dann gab sie dem Lehrer die Hand: »Ich bringe sie heute Abend wieder«, versprach sie und Thomas Richter nickte: »Bis dann – und viel Spaß!«

Bei Langdorfs, Danielas Eltern, war jeden Donnerstag Kindertag für Daniela, ihren Bruder Kaspar, dessen Freund Timo und natürlich für die Klavierlinge. Es war nicht ganz leicht gewesen, die Eltern davon zu überzeugen, dass sie donnerstags auf keinen Fall vor sieben Uhr nach Hause kommen sollten. Wann lassen sich Eltern schon mal was von Kindern vorschreiben? Aber Herr und Frau Langdorf hatten sich ihre Donnerstage auch eingerichtet. Wenn für Daniela und Kaspar Kindertag war, dann war für sie »ihr« Tag. Sie trafen sich nach der Arbeit, gingen bummeln oder ins Kino.

»Tischfußball!«, rief Kaspar. »Damit fangen wir an!«

Tischfußball – das war ihre Erfindung, das mochten sie alle gern. Kaspar drehte gerade aus einem Stück Papier eine kleine Kugel. Immer wieder legte er sie neben Acceleranda, die die Kleinste war. Wenn die Kugel für Acceleranda passte, dann war sie richtig.

»Noch zu groß«, piepste die. »Es ist mir unmöglich, diesen Ball zu treten.«

Um es zu beweisen, schlug sie mit ihren kleinen Schuhen gegen die Kugel und die bewegte sich nur wenige Millimeter.

»Du wirst wohl gar nicht mehr größer«, brummelte Kaspar, nahm die Kugel, riss ein Stück Papier ab und drehte erneut einen Ball daraus.

»Es wäre nicht in meinem Sinne, wenn dieses Kind noch ein Stück wachsen würde«, sagte Accelerandas Vater. »Wie sollte sie dann noch mit hoher Geschwindigkeit im Klavier herumlaufen?«

»Ich stimme meinem Gemahl zu«, meinte seine Frau. »Acceleranda erreicht oft noch Hämmerchen, die für uns zu weit entfernt sind.«

Denn das ist ja schließlich die Aufgabe von Klavierlingen. Sie leben in dem Instrument und verhindern Fehler. Sie platzieren ihren Fuß unter das Hämmerchen, bevor dieses auf die falsche Saite schlagen kann. Wenn es sehr gute Klavierlinge sind, so wie in unserem Fall, dann ahnen sie die Fehler schon, bevor der Musiker sie macht. Acceleranda war also ein besonders flinker Klavierling, während ihre Eltern über mehr Erfahrung verfügten.

Klavierlinge haben aber noch andere Besonderheiten: Sie sprechen eher umständlich und altmodisch. Sie sind stolz auf ihre Tradition, die zurückreicht bis in die Zeit von Johann Sebastian Bach. Sie sind elegant gekleidet in Anzüge und lange Kleider sowie vornehm und zurückhaltend im Wesen. Zumindest meistens. Crescendo und seine Geschwister hatten sich ja ihren menschlichen Freunden schon ein bisschen angepasst. Aber ihre Eltern nahmen es mit der Tradition noch ernster – außer wenn sie Fußball spielten, wie jetzt.

Endlich war der Ball fertig. Die Klavierlinge kickten ganz normal mit den Füßen, Kaspar, Timo und Daniela aber mit den Fingern. Sie spielten den Ball mit den Fingerspitzen, sehr darauf bedacht, die Klavierlinge nicht mit der Hand zur Seite zu schubsen. Der Tisch war das Spielfeld, an dessen kurzen Enden standen Streichholzschachteln, die die Tore markierten.

»Ich bin Spielführer!«, schrie Crescendo. »Und ich wähle Daniela, Timo und Kaspar in meine Mannschaft.«

»Das ist verdammt unfair!«, rief Glissando. Doch als er sah, wie streng ihn sein Vater anguckte, mäßigte er sofort seine Sprache: »Diese Entscheidung behagt mir nicht. Crescendo kann nicht lauter Menschen in seine Mannschaft nehmen. Außerdem beansprucht er immer die Position des Spielführers für sich und will die anderen Spieler auswählen.«

»Auch ich will Spielführerin sein«, beklagte sich Acceleranda.

Kaspar und Timo sahen sich an und verdrehten die Augen.

»Die sind ja noch kindischer als einige bei uns in der Mannschaft«, flüsterte Kaspar Timo zu und beide grinsten.

»Ich bin der Meinung, dass Daniela die Entscheidung treffen sollte«, sagte der Klavierlingsvater. »Aber auch Kaspar wäre mir genehm. Jedenfalls muss es jemand sein, der mit den Regeln des Spieles besser vertraut ist als ich.«

Daniela nickte Kaspar zu. Solche Kinkerlitzchen konnte sie dem kleinen Bruder schon mal überlassen.

Kaspar machte kurzen Prozess: »Timo und ich suchen heute aus. Ich nehme Frau Klavierling.« Kaspar wollte höflich sein. Frau Klavierling hatte nämlich niemand so furchtbar gerne im Team. Sie lief sehr langsam in ihrem langen Kleid und haute immer daneben, wenn der Ball kam.

»Oh nein«, sagte sie und wehrte bescheiden

mit ihren kleinen Händchen ab, »ich werde nicht mitspielen.«

»Du musst!«, forderte Crescendo. »Sonst fehlt in einer Mannschaft ein Spieler. Das sollte nicht sein.«

Also kamen dann folgende Teams zu Stande: Kaspar, Frau Klavierling, Daniela und Crescendo gegen Timo, Herrn Klavierling, Acceleranda und Glissando. In der einen Mannschaft waren ein Kind und drei Klavierlinge, in der anderen zwei Kinder, Crescendo und Frau Klavierling – diese jedoch war »ein Totalausfall«, wie Timo sie einmal heimlich gegenüber Kaspar genannt hatte.

Schnell rollte die Kugel über den Tisch.

»Foul!«, schrie hier der eine, »Elfmeter!«, dort der andere.

»Du hast mich an meiner Jacke festgehalten«, beklagte sich Glissando bei seiner Schwester.

»Du bist mir vorher auf den Rock getreten«, gab die zurück.

Timo schüttelte ärgerlich den Kopf. »Ihr braucht Trikots, so geht das nicht weiter!«

»Ein Klavierling trägt nur Anzug oder Kleid«, verkündete der Klavierlingsvater würdevoll und schlug mit solcher Wucht auf den Ball, dass das Streichholzschächtelchen vom Tisch fiel.

»Tor!«, brüllte er – wenig vornehm.

Nach einer Stunde waren die Klavierlinge todmüde, und das Spiel war damit beendet.

»Timo und ich gehen in den Garten und spielen echten Fußball – wer kommt mit?«, fragte Kaspar. Die Eltern sowie Acceleranda und Glissando meldeten sich und begleiteten die Jungs. Manchmal durften die Klavierlingskinder sogar »mitlaufen«, das heißt auf den Schultern der Jungen sitzen. Wenn Kaspar und Timo durch den Garten jagten, dann standen den Klavierlingen die Haare zu Berge, ihre kleinen Anzüge und Kleider wehten im Wind. Das war ein Abenteuer, etwas völlig anderes, als den ganzen Tag in einem Klavier zu sitzen und darauf zu warten, dass jemand übte.

Crescendo wollte nicht in den Garten. Ihm war es lieber, mit Daniela zu reden. Schließlich war sie seine ganz besondere Freundin. Vor einem Jahr war er aus Versehen in ihrem Klavier gelandet, ganz allein, ohne Eltern und Geschwister. Daniela hatte ihn gefunden und sich um ihn gekümmert. Sie erinnerte sich noch genau. Eigentlich hatte sie gar nicht gerne Klavier geübt, aber um Crescendo zu ernähren, musste sie regelmäßig spielen. Natürlich war es damit nicht getan. Der kleine Freund wollte nicht nur satt werden, er wollte auch wieder zu seiner Familie. Ein Glück, dass Kaspar und Timo ihr geholfen hatten, die anderen Klavierlinge zu finden. Es war nicht immer leicht mit Crescendo gewesen, dachte Daniela. Oft beschwerte er sich, wenn sie lieber etwas anderes machen wollte als Klavier üben – Saxophon spielen zum Beispiel oder eine Freundin besuchen. Aber schließlich hatte Crescendo doch gelernt, dass zu einer guten Freundschaft mehr gehört als nur Forderungen zu stellen. Daniela hätte ihn ja gerne behalten, aber eine ganze Klavierlingsfamilie konnte sie keinesfalls ernähren. So kam es, dass der Musiker Thomas Richter die Klavierlinge zu sich nahm.

»Es ist schön bei dir«, sagte Crescendo und

dachte insgeheim: Viel schöner als im Klavier bei Herrn Richter.

Daniela lächelte. »Ich hätte dich auch gerne öfter bei mir. Aber ich habe einfach zu wenig Zeit.«

Crescendo guckte traurig drein, aber er kannte das Problem. Schließlich musste Daniela morgens immer zur Schule gehen und hinterher Hausaufgaben machen. Und sie wollte auch noch was anderes unternehmen: Freundinnen treffen, schwimmen, spielen. Es gab so vieles, was sie interessierte. Da blieb nicht mehr viel Zeit für einen Freund, der nur so groß war wie ein kleiner Finger.

»Ich habe aber eine Bitte«, wagte Crescendo schüchtern einen weiteren Vorstoß. »Es wäre mir sehr lieb, wenn ich wieder einmal bei dir übernachten dürfte. Wir könnten ein Gespräch führen, gemeinsam ein Duett singen…« Crescendo geriet richtig ins Schwärmen.

»Ja klar«, meinte Daniela, »warum nicht? Ich rede mit Herrn Richter.«

Crescendo war glücklich. Endlich konnte er mal wieder etwas mit Daniela allein machen. Sollte er ihr erzählen, wie schwer es ihm oft fiel, den ganzen Tag bei seiner Familie im Klavier zu sitzen? Früher war ihm das nicht passiert. Da habe ich nur das Leben im Klavier gekannt, dachte er. Doch heute weiß ich, dass es auch noch eine andere Welt gibt.

Als Daniela die Klavierlinge zu Herrn Richter zurückbrachte, gab dieser gerade Unterricht. Daniela trat ins Wohn- und Musikzimmer, Crescendo und Glissando balgten sich in ihren Haaren, Acceleranda hielt sich am Ohr fest.

Am Klavier saß ein Schüler.

»Kennt ihr euch eigentlich?«, fragte Herr Richter und beide nickten. Daniela kannte den Jungen aus der Schule. Sie hatte ihn schon öfter im Bus, aber auch auf dem Pausenhof bemerkt. Sie wusste auch, dass er Jakob hieß. Er war etwas älter als sie, ging in die nächsthöhere Klasse und galt bei vielen Mädchen als »süß« und »cool«. Und das war das Beste überhaupt.

Daniela versuchte unauffällig, Herrn und Frau Klavierling aus ihrer Jackentasche zu holen. Da sah sie, dass Jakob sie die ganze Zeit anstarrte. Was glotzt er so, dachte sie und versuchte, sich an ihm vorbei in die Küche zu drücken, um dort die Klavierlinge auf den Tisch zu setzen.

Thomas Richter bemerkte nichts.

»Ich würde euch beide gerne einmal vierhändig spielen lassen«, schlug er vor. »Ihr seid etwa gleich gut und beim gemeinsamen Spiel kann man sehr viel lernen.«

Jakob brummelte irgendetwas vor sich hin, Daniela hauchte ein Ja.

»Vielleicht könntet ihr euch das da«, er legte ein Notenblatt auf den Tisch, »schon einmal miteinander ansehen. Kommt doch nächsten Montag und spielt mir das vor! Passt das?«

Jakob nickte, wandte aber seinen Blick nicht von Daniela. Was hat er nur, dachte sie. Sieht er *mich* so an oder sieht er vielleicht die Klavierlinge? »Wann treffen wir uns zum Üben?«, fragte sie Jakob schüchtern.

Der murmelte nur: »Ich komm morgen bei dir vorbei. Nach der Schule.«

Daniela nickte und versuchte, cool auszusehen, aber insgeheim freute sie sich sehr. Dann ging sie schnell in die Küche, setzte die Klavierlinge ab und verabschiedete sich leise von ihnen.

Als Daniela gegangen war, sah Jakob Herrn Richter fassungslos an: »Ich glaub, ich seh schon weiße Mäuse.«

Der Musiker erschrak. »Mäuse?«

»Nee, das waren eher kleine Männchen. Sie

saßen auf Danielas Kopf und auf ihrer Schulter. Und als sie aus der Küche wieder rauskam, da waren die Männchen nicht mehr da.«

Herr Richter war verwirrt. Er suchte nach einer Ausrede: »Ich sehe auch manchmal Dinge, die es eigentlich gar nicht gibt.« Insgeheim aber dachte er: Wir haben einen neuen Mitwisser.

Als Jakob weg war, überlegte Thomas Richter: Hätte er dem Jungen etwas sagen sollen? Hätte der ihm überhaupt geglaubt? Gut, Jakob konnte die Klavierlinge sehen. Also hatte er entweder mit zwölf Jahren noch ein kindliches Gemüt wie Daniela, Kaspar und Timo oder – wie Crescendo das einmal ausgedrückt hatte – den Blick des Künstlers. Sollte er ihm wirklich alles erzählen? Oder wäre es vielleicht besser, wenn Daniela das übernähme?

Er ging in die Küche, begrüßte die Klavierlinge herzlich und ließ sich von ihnen erzählen, wie ihr Nachmittag bei Daniela gewesen war. Dann setzte er sie ins Klavier und begann zu spielen. Thomas Richter spielte wunderbar, wenn er seine Klavierlinge dabeihatte. Und die hatten auch ihren Spaß.

»Vorwärts!«, hörte er Crescendo rufen. »Wir brauchen eine neue Raumaufteilung. Und ich erwarte, dass ihr das Letzte gebt – auch wenn es nur ein Testspiel ist.«

Sie haben wieder Fußball gespielt, dachte der Pianist und lächelte.

Als Daniela nach Hause kam, war es schon halb acht Uhr, aber ihre Eltern waren noch nicht da. Timo war gegangen, Kaspar saß vor dem Fernseher und aß ein Stück alte Pizza, das er im Kühlschrank gefunden hatte.

»Wo sind sie bloß?«, fragte Daniela ihren Bruder und der zuckte die Schultern.

»Um Erwachsene muss man sich nicht kümmern«, meinte er mit vollen Backen. »Die finden schon allein nach Hause.«

Daniela setzte sich zu ihm. »Ich hab den Eindruck, die amüsieren sich an diesen Donnerstagen, denn sie kommen immer später heim.«

»Gönn es ihnen«, schmatzte Kaspar. »Hauptsache, wir haben unsere Ruhe.«

»Ob uns die Kinder schon erwarten?«, fragte Herr Langdorf seine Frau, als sie vom Bus zu ihrem Haus spazierten.

»Ich weiß nicht recht«, überlegte Frau Langdorf. »Ich habe das Gefühl, sie sind uns ganz gerne mal los.«

»Daniela und Kaspar sind ganz schön selbstständig geworden im letzten Jahr«, meinte Herr Langdorf. »Wann sagen Kinder schon zu ihren Eltern: Kümmert euch doch mal um euch selbst.«

Frau Langdorf lächelte ihn an. »Aber es war eine ihrer besten Ideen. Jetzt haben auch wir unseren Donnerstag.«

»Was willst du eigentlich?«, fragte Kaspar, als er sah, wie traurig Daniela einzelne Töne am Klavier anschlug. »Als Crescendo noch bei uns gewohnt hat, ging er dir oft tierisch auf den Geist. Und jetzt jammerst du jedes Mal, wenn er wieder zu Herrn Richter zurückgeht.«

»Wenn du zu blöd bist, um das zu verstehen, kann ich dir auch nicht helfen. Das hat was mit Freundschaft zu tun.«

Jakob wird »aufgeklärt«

»Und Sie meinen wirklich, er kann Klavierlinge sehen?«

Daniela war skeptisch, als Herr Richter noch an diesem Abend anrief.

»Ich bin mir ziemlich sicher«, sagte der. »Er redete erst von weißen Mäusen und dann von kleinen Männchen.«

Daniela überlegte. »Das wäre aber nett, wenn er sie sehen könnte.«

»Er ist auch ein ganz netter Kerl«, meinte ihr Musiklehrer. »Fantasievoll und begabt.« Daniela wurde rot. Bin ich froh, dass mich Herr Richter jetzt nicht sehen kann, dachte sie und lächelte verträumt.

»Ich soll ihm das alles erklären?«, fragte Daniela.

»Ich denke, das wäre das Beste.«

Daniela war nicht so sicher. Was, wenn Jakob sie für bescheuert hielte? Das würde sie nicht ertragen. Aber das konnte sie Herrn Richter nicht sagen, sonst würde er vielleicht was merken. Also suchte sie nach einer Ausrede.

»Ihnen würde er bestimmt eher glauben. Schließlich sind Sie Künstler.«

»Und die sind sowieso alle plemplem, oder?«

»Nein, nein«, beeilte sich Daniela zu sagen. »Aber…«

»Schon gut«, meinte Thomas Richter. »Wir brauchen ihn gar nicht einzuweihen. Ich dachte nur.«

Daniela überlegte. Wäre es nicht schön, mit Jakob ein Geheimnis zu haben? Auf die Dauer war es doof, mit niemandem über die Klavierlinge reden zu können. Herr Richter war erwachsen. Und Kaspar und Timo waren mit ihren neun und acht Jahren viel zu klein. Die kapierten ja gar nichts, außerdem dachten sie nur an Fußball.

»Okay«, gab Daniela nach. »Jakob kommt morgen zum Üben, dann erzähle ich ihm die ganze Geschichte.«

Einen Tag später saßen Daniela und Jakob einträchtig auf ihren Klavierhockern und übten. Daniela war sehr nervös, Jakob schien eher in sich gekehrt. Beide starrten sie auf ihre Noten und sahen sich kaum an.

»Schwer, zusammen zu spielen«, seufzte Daniela.

»Stimmt«, antwortete Jakob. »Wir müssen viel mehr aufeinander hören. Was der andere macht. Wo er langsamer oder schneller wird. Und wo er einen Fehler macht. So hat mir das Herr Richter erklärt.«

Daniela nickte. Noch einmal fingen sie von vorne an. Doch nach wenigen Takten unterbrach Jakob. Er sah Daniela direkt an und die wurde unsicher.

»Herr Richter hat mich angerufen und mir gesagt, dass du mir was erzählen willst.«

Das hat er ja raffiniert eingefädelt, dachte Daniela.

»Es ist so«, fing sie etwas zögernd an. »Herr Richter meint, dass du gestern in der Stunde so was wie weiße Mäuse auf meinem Kopf gesehen hast.«

Jakob lachte: »Waren keine Mäuse. Es sah aus, als würden dort kleine Männchen sitzen. Ich glaubte, ich wär völlig durchgedreht!«

Von wegen, dachte Daniela. Wenn, dann bist du nicht verrückter als Herr Richter oder ich.

»Wie sahen die Männchen denn aus?«, fragte sie, um ganz sicherzugehen.

»Zwei hatten so komische, altmodische Anzüge an. Und sie waren etwa so groß.« Jakob zeigte auf seinen kleinen Finger. »Und ein Mädchen war dabei, in einem Kleid. Auch total altmodisch. Ganz lang, bis zu den Füßen. Und die Haare waren frisiert wie vor hundert Jahren oder so.«

Es entstand eine Pause. Daniela zweifelte nicht mehr. Jakob hatte die Klavierlinge gesehen und erkannt. Gut, Crescendos Eltern hatte er nicht sehen können, die saßen ja gestern in ihrer Tasche, aber die drei Kids, die konnte er wirklich bis ins Detail beschreiben. Es war Zeit, dass er die Wahrheit erfuhr.

»Herr Richter meint, ich soll dir die Wahrheit sagen«, fing sie an. »Es ist eine komische Geschichte. Aber wenn du die Klavierlinge sehen kannst, dann wirst du mir hoffentlich auch glauben.«

Jakob sah sie erstaunt an. »Klavierlinge? Was ist denn das?«

»Es war vor einem Jahr«, versuchte Daniela zu erklären, aber Jakob lachte:

»Das klingt fast wie ›Es war einmal‹. Aus dem Alter bin ich echt raus.«

Daniela wurde ungeduldig. »Soll ich nun erzählen oder nicht?«

»Schieß los«, gab Jakob nach. »Aber setzen wir uns lieber gemütlicher hin. Auf dem Klavierhocker ist das echt unbequem. Und das scheint 'ne längere Sache zu werden.«

»Vor einem Jahr haben mir meine Eltern ein Klavier gekauft«, fing Daniela wieder an, nachdem sie sich auf die Couch gesetzt hatten. »Eines Tages hab ich dann so komische Geräusche aus dem Klavier gehört. Da rief irgendjemand immer ›Au‹, wenn ich fest auf die Tasten haute. Ich hab nachgesehen. Im Klavier saß ein kleines Männchen. Genau so, wie du es beschrieben hast. Groß wie ein kleiner Finger, altmodischer Anzug. Das war Crescendo.«

Daniela sah Jakob gespannt an, aber der sagte nichts, sondern nickte nur. Daniela war erleich-

tert. Offenbar hielt er sie noch nicht für komplett dämlich. Sie fasste Mut und redete weiter: »Er erzählte mir seine Geschichte. Dass er mit seiner Familie in einem Klavier beim Klavierbauer gelebt habe, dass er dann dort spazieren gegangen und in ein anderes Klavier geschlüpft sei. In dem Augenblick hätten sie das weggetragen und zu uns gebracht. So wurde er von seiner Familie getrennt.«

»Die anderen beiden, die ich bei dir gesehen habe, waren also seine Familie.«

»Nur seine Geschwister«, sagte Daniela. »Der eine ist Glissando, sein jüngerer Bruder, das Mädchen heißt Acceleranda. Seine Eltern hatte ich in meiner Jackentasche. Sie sitzen nicht gerne so weit oben, da wird ihnen schwindlig. Aber die habe ich alle erst später kennen gelernt.«

»Was sind denn Klavierlinge?«, fragte Jakob.

Eine berechtigte Frage für jemanden, der bisher noch nie etwas von Klavierlingen gehört hatte, fand Daniela.

»Sie leben in Klavieren. Sie ernähren sich von Tönen. Und sie können falsche Töne verhindern. Das hat mir Crescendo damals alles erklärt.«

»Sehr praktisch«, grinste Jakob. »Die könnte ich gut gebrauchen. Aber jetzt, wo wir zusammen gespielt haben, hab ich nichts von ihnen gemerkt.«

»Sie sind auch nicht da«, gab Daniela zu. »Sie leben bei Herrn Richter.«

Jakob schüttelte den Kopf. »Jetzt kapier ich gar nichts mehr.«

»Das kam so«, erzählte Daniela weiter. »Dieser Crescendo hatte immer wahnsinnig viel Hun-

ger. Ich sollte dauernd Klavier spielen, damit er die Töne essen kann. Aber ich hatte nicht immer Lust dazu.«

Jakob nickte: »Verstehe.«

»Außerdem hatte er Sehnsucht nach seiner Familie. Darum hab ich sie gesucht. Mein Bruder Kaspar und sein Freund Timo haben mir dabei geholfen.«

»Aha. Ihr habt die anderen Klavierlinge beim Klavierbauer gefunden.«

Daniela schüttelte den Kopf. »Das war leider nicht so einfach. Denn da waren sie nicht mehr. Er hatte das Klavier mit den anderen Klavierlingen schon verkauft. Wir haben uns dann die Adressen seiner Kunden besorgt und haben sie besucht. Einer dieser Kunden war Herr Richter.«

»Und da saßen dann die Klavierlinge.« Jakob konnte einfach nicht geduldig zuhören. Immer unterbrach er sie.

Daniela schüttelte wieder den Kopf. »So schnell ging's leider nicht. Bei Herrn Richter waren sie nicht. Aber er war der einzige Erwachsene, der Crescendo sehen konnte und an Klavierlinge glaubte. Deshalb war er auf unserer Seite.«

»Sonst kann sie kein Erwachsener sehen?«

»Nicht mal meine Eltern. Die wissen nichts von den Klavierlingen. Die würden uns echt für bescheuert halten!«

»Hast du's denn versucht?«, fragte Jakob.

»Klar doch«, seufzte Daniela. »Mit meiner Mutter wollte ich drüber reden. Da saß Crescendo auf meiner Hand, aber sie hat ihn nicht gesehen. Ich hab von ihm erzählt. Aber sie dachte, ich hätte Fieber.«

Jakob grinste. »Hätt ich auch gedacht.«

»Aber du hast sie doch gesehen.«

»Trotzdem«, meinte Jakob. »Ein bisschen gaga ist die Sache schon.«

Daniela schwieg beleidigt. Aber obwohl Jakob seine Zweifel an der Geschichte hatte, wollte er doch noch das Ende hören. »Wann habt ihr die anderen Klavierlinge denn gefunden?«

»Sie saßen in einem Klavier, auf dem niemand spielte, und wären beinahe verhungert. Wir haben uns ins Haus geschlichen und sie gerettet.«

»Dann waren ja fünf Klavierlinge da. Mit denen spielt man bestimmt noch viel besser als mit einem.«

»Stimmt«, gab Daniela zu. »Aber sie sind gefräßig. So viel, wie die Töne am Tag brauchen, wollte ich nicht Klavier üben.«

»Jetzt kapier ich«, meinte Jakob. »Deshalb sind sie also bei Herrn Richter. Weil der viel mehr übt als du.«

»Genau«, nickte Daniela. »Der kann besser für sie sorgen als ich. Aber einmal in der Woche besuchen sie mich.«

In diesem Moment kam Frau Langdorf ins Zimmer. Sie war von der Arbeit gekommen, hatte Klaviermusik gehört – und plötzlich war es still geworden. Überrascht blieb Frau Langdorf stehen, als sie Jakob sah.

»Das ist Jakob«, sagte Daniela und wurde ein bisschen nervös. »Herr Richter sagt, wir sollen zusammen spielen.«

Frau Langdorf war nicht sicher, ob sie die

Idee von Herrn Richter so besonders gut fand. Früher hatte Daniela oft mit Jungen gespielt, aber letztes Jahr dann wurde sie nur noch von Freundinnen besucht. Was hatte nun plötzlich dieser Junge zu bedeuten? Frau Langdorf versuchte, möglichst unbekümmert dreinzusehen: »Wollt ihr was trinken? Oder wollt ihr Kuchen?«

Daniela merkte, dass ihre Mutter Jakob musterte. Das ärgerte sie. Neugierige Mütter waren megapeinlich. Das sagten alle in ihrer Klasse. Immer mussten sie nachsehen, wer da war. Und stellten dann auch noch Fragen. Tatsächlich:

»Gehst du denn mit Daniela in die gleiche Klasse?«

»Nein.« Jakob war beleidigt. Sah man nicht, dass er ein Jahr älter war als Daniela?

»Und ich will auch keinen Kuchen. Vielen Dank.«

»Ich auch nicht«, sagte Daniela und hoffte inständig, dass ihre Mutter jetzt wieder verschwinden würde. Die überlegte kurz, dann zuckte sie die Schultern:

»Ich stell euch auf alle Fälle mal was zu trinken hin, wer weiß, Üben macht Durst.«

Was für eine blöde Bemerkung, dachte Daniela. Ihre Mutter war sonst nicht so. Oder war sie doch so? Auf alle Fälle verschwand sie jetzt mal für einen Moment.

»Wo waren wir?«, fragte Daniela verwirrt, als ihre Mutter das Wohnzimmer verlassen hatte.

»Wo schon«, brummelte Jakob. »Bei deinen Männchen. Warum holst du sie eigentlich noch, wenn sie bei Herrn Richter so gut aufgehoben sind?«

»Ich mag sie gern«, gab Daniela zu. »Auch wenn sie altmodisch reden und nichts von unserer Welt wissen und nur immer Bach hören wollen. Sie sind total nett. Vor allem Crescendo.«

Jakob sah sie kopfschüttelnd an. »Das klingt gerade so, als wäre der Zwerg dein Freund.«

Daniela wurde verlegen. »Naja, nicht so wie… wie… wie mit 'ner Freundin oder mit jemand, den ich gut kenne.«

Daniela musterte Jakob, doch der reagierte nicht. »Aber Crescendo ist echt okay. Und manchmal, da tut es mir schon Leid, dass er nicht jeden Tag da ist.«

»Aber dann hol ihn doch.«

Daniela nickte. »Manchmal, da hole ich nur ihn. Dann bleibt er bei mir über Nacht, und wir quatschen noch.«

Jakob grinste: »Er pennt bei dir?«

»Früher hat er im Puppenbett geschlafen. Aber das war viel zu groß für ihn. Jetzt habe ich ihm ein kleineres besorgt – aus der Puppenstube einer Freundin. Das passt genau – da fühlt er sich richtig wohl drin.«

Frau Langdorf kam wieder herein mit einem Tablett, zwei Gläsern und einer Flasche Saft.

»So. Für euch.« Sie lächelte die beiden aufmunternd an und zwinkerte Daniela zu, die reichlich genervt war. Dann ging Frau Langdorf wieder.

Jakob stand plötzlich auf. Er grinste frech: »Schöne Geschichte. Wie im Märchen.«

»Ist aber kein Märchen«, sagte Daniela beleidigt.

»Ich weiß nicht recht.« Jakob wiegte den Kopf und dachte nach. »Schwer zu glauben, die Story.«

»Aber du hast die Klavierlinge ja selbst gesehen!«

Jakob nickte. »Früher, als ich noch kleiner war, da hab ich ’ne Menge gesehen und geglaubt. Christkind und Osterhase und so. Aber mit zwölf, da sollte das eigentlich vorbei sein.«

»Klavierlinge gibt’s wirklich!«

»Ja, ja«, grinste Jakob. »Und die Erde ist eine Scheibe, oder?«

»Nein, die ist rund.« Daniela blieb hartnäckig.

Jakob ging zur Tür. »Wir sehen uns bei Richter. Dann könnt ihr mir ja eure Klavierlinge zeigen. Wenn ich die Zwerge sehe und mit ihnen reden kann, dann… ja dann glaub ich wieder ans Christkind.«

Jakob winkte ihr noch zu, dann sprang er die Treppe hinunter und schloss sein Rad auf.

»Aber wirklich 'ne tolle Geschichte«, rief er noch, schwang sich aufs Rad und fuhr schnell davon.

Frau Langdorf guckte aus der Küche, als Daniela in der Tür stand und hinter Jakob herschaute.

»Kennst du ihn schon länger? Ist er nett? Warum musste er so plötzlich gehen?«

Daniela sagte nichts und sah ihre Mutter nur finster an.

»Sei nicht gleich giftig«, meinte Frau Langdorf. »Ich finde es ja hübsch, wenn ihr vierhändig spielt.«

Daniela verdrehte die Augen. »Stör uns bitte nie wieder.«

Frau Langdorf war erstaunt. »Seit wann darf ich denn unser Wohnzimmer nicht mehr betreten?«

Darauf wusste Daniela allerdings auch keine Antwort.

Sie ging traurig zurück, räumte ihre Noten weg und machte das Klavier zu. So richtig geglaubt hatte ihr Jakob ja nicht. Schade. Sie dachte, sie hätte jetzt einen neuen Freund, mit dem sie Klavier spielen konnte und quatschen. Und mit dem sie ihr Geheimnis teilte.

Aber nächste Woche, da würde ja alles anders. Jakob bekäme die Klavierlinge noch mal zu sehen – und vielleicht könnten er und sie die Familie dann gemeinsam betreuen? Das wäre schön. Jakob und Daniela – und manchmal noch die Klavierlinge. Vielleicht könnten sie ja auch andere Dinge gemeinsam unternehmen? Ins Kino gehen? Eis essen? Aber deswegen war es wichtig, dass Jakob sie nicht für eine Märchentante hielt. Er musste die Klavierlinge sehen, er musste einfach…

Thomas Richter denkt nach

Daniela wartete mit einem Gefühl zwischen Hoffen und Bangen auf die gemeinsame Klavierstunde mit Jakob. Hatte er ihr nun geglaubt oder nicht? Hielt er sie für verrückt? Aber dann vertraute sie auf Herrn Richter. Er konnte die Klavierlinge ja auch sehen und gemeinsam würden sie Jakob überzeugen. Doch dann kam alles ganz anders.

Zunächst einmal wurde sie von einem jubelnden Crescendo begrüßt, der fröhlich auf dem Tisch hin und her sprang.

»Sie nimmt mich heute wieder mit, sie nimmt mich heute wieder mit«, sang er und hüpfte herum. Seine Eltern und Geschwister saßen an der Tischkante und sahen sich kopfschüttelnd an.

»Mein lieber Crescendo«, sagte der Vater streng, »dein Verhalten ist eines Klavierlings unwürdig.«

»Er wird nie erwachsen werden«, seufzte seine Mutter.

Crescendo war das egal. Er hüpfte weiter, sprang dann Daniela auf den Arm, kletterte hoch auf ihre Schulter, schwang sich an den Haaren nach vorne und grinste ihr frech ins Gesicht.

»He, bist du heute sportlich«, lachte Daniela und nahm ihn in ihre Hand.

»Achte auf dein Benehmen!«, mahnte der Klavierlingsvater. »Es ist sehr zuvorkommend von uns als deinen Eltern, dass du bei Gelegenheit ohne unsere Begleitung zu Daniela darfst. Andere Klavierlingseltern lassen ihre Kinder nicht einmal aus dem Instrument.«

»Aber ihr geht doch auch gerne zu Daniela«, lachte Crescendo vergnügt.

»Hin und wieder ist ein Familienausflug angebracht«, sagte die Mutter. »Aber in deinem Alter durften wir noch nicht alleine aus dem Klavier.«

Thomas Richter bemerkte, dass Crescendos Eltern verärgert waren, und wollte ablenken.

»Du musst heute alleine spielen, Daniela. Jakob hat vorher angerufen. Er ist krank.«

Daniela sah ihn erstaunt an. Hatte sie Jakob heute nicht auf dem Schulhof in der Pause laufen sehen? Gut, er hatte sie nicht angeguckt und auch nicht gegrüßt, als wollte er ihr aus dem Weg gehen. Aber er war doch in der Schule gewesen und hatte ganz gesund ausgesehen. Daniela war enttäuscht und verärgert. Wollte er nicht mit ihr spielen? Oder war ihm nach der Schule schlecht geworden? Naja, jedenfalls war er nicht da. Und sie konnte alleine sehen, wie sie die Stunde rumbrachte. Nichts mit vierhändig. Außerdem – wie sollte sie ihm jetzt das mit den Klavierlingen beweisen?

Es wurde eine seltsame Stunde. Auf dem Tisch saßen die Klavierlinge und trugen im Flüsterton ihren Streit aus.

»Wenn du dich nicht zu benehmen weißt, bleibst du bei uns«, zischte die Mutter.

»Es gehört sich nicht für einen Klavierling, immer wegzugehen«, knurrte der Vater.

»Ich will auch weggehen«, meinte Glissando, und der Vater sagte verärgert zu Crescendo:

»Du setzest deinen Geschwistern Flausen in den Kopf.«

Crescendo aber sprang immer noch hin und her und pfiff vergnügt vor sich hin.

Daniela tat so, als ob sie den Streit gar nicht hörte, und spielte dem Lehrer etwas vor. Aber auch der war komisch. Er starrte einfach vor sich hin, egal, ob Daniela falsch spielte oder richtig.

Nun stand er auf, ging zum Fenster und sah hinaus. Er begann sogar zu summen. Es fiel ihm nicht auf, dass Daniela gar nicht mehr spielte, sondern ihn ansah.

Auch die Klavierlinge wurden still und wechselten Blicke. Crescendo kämpfte sich einen Weg zu Danielas Ohr und flüsterte:

»Seit Tagen verhält sich unser Meister seltsam. Als ob er träumte. Wir sind in Sorge.«

»Es ist wohl eine Angelegenheit, die sein Herz näher angeht«, meinte Crescendos Mutter versonnen.

»Aber uns ist nicht bekannt, für wen er zarte Gefühle hegt«, sagte Crescendos Bruder.

Thomas Richter bemerkte nichts. Er vergrub die Hände in den Hosentaschen, sah hinaus in den regnerischen Sommertag und sang Lieder, als wäre es Mai und die Blumen blühten überall.

»Manchmal kommt eine Stimme aus diesem

Gerät.« Crescendos Mutter zeigte aufs Telefon. »Dann spricht er sanft und träumerisch.«

Sie bestand hartnäckig darauf, dass Herr Richter verliebt war. »Ich glaube, es begann bei diesem Konzert mit der Cellistin. Seither ist er nicht mehr derselbe.«

Daniela konnte sich gut an den Konzertabend erinnern, den Herr Richter und die Cellistin gegeben hatten. Eine alte Studienfreundin würde mit ihm auftreten, hatte er gesagt. Aber sie war nicht alt gewesen, sondern jung und hübsch. Frau Langdorf, die Daniela ins Konzert begleitet hatte, meinte, Herr Richter habe einen guten Geschmack. Offenbar hatte sie dieselbe Vermutung gehabt wie Crescendos Mutter.

Daniela wurde langsam sauer. Der Klavierlehrer stand am Fenster und träumte, die Klavierlinge flüsterten ihr zu fünft in beide Ohren – wozu war sie eigentlich hier? Sie schlug mit der Hand kräftig auf die Tasten, so dass Herr Richter und die Klavierlinge zusammenzuckten.

»Sind denn hier alle von der Rolle?«, rief sie.

Der Musiker drehte sich um und sah sie schuldbewusst an: »Ich habe dich völlig vergessen, Daniela. Kannst du mir noch einmal verzeihen?«

Daniela packte ihre Noten ein.

»Die Stunde ist sowieso schon um«, sagte sie.

»Entschuldige bitte«, bat Thomas Richter, »aber mir geht wirklich viel im Kopf herum.«

Daniela warf erst einen Blick auf die Klavierlinge und dann auf Herrn Richter.

»Darf ich Crescendo mitnehmen?«

»Aber natürlich!«, rief Herr Richter und sah dann fragend auf Crescendos Vater. »Das heißt, wenn seine Eltern nichts dagegen haben.«

»Noch einmal«, sagte der Klavierlingsvater streng und hob den Zeigefinger, »wir machen diese Ausnahme nur für Daniela, Kaspar und Timo. Weil sie unsere Freunde sind und uns gerettet haben. Eigentlich gehört es sich nicht, dass ein Klavierling allzu oft sein Instrument verlässt und schon gar nicht alleine, wie das mein Sohn Crescendo so gerne tut.«

»Ich pass doch auf ihn auf«, meinte Daniela und nahm den strahlenden Crescendo auf den Arm.

»Nur deshalb sage ich auch Ja dazu«, schloss der Vater würdig.

»Sie sind nur neidisch«, flüsterte Crescendo Daniela zu, als sie am Gehen waren. »Am liebsten würden sie immer alle mitkommen. Sie wollen nicht, dass ich dich für mich habe.«

»Ich versteh sowieso nicht, warum dein Vater immer dieses Gezeter macht«, murmelte Daniela. »Was ist schon dabei, wenn du mich alleine besuchst?«

Crescendo sah sie ernst an. »Sie haben Angst, dass ich mich an das Leben außerhalb des Klaviers gewöhne und irgendwann nicht mehr zurück möchte.«

»O je«, grinste Daniela. »Erwachsene machen sich immer Sorgen. Und wenn's keine gibt, dann lassen sie sich welche einfallen. Das ist bei meinen Eltern genauso.«

Weil unsre Augen sie nicht sehn

Daniela lag im Bett und starrte nachdenklich an die Decke. Warum war Jakob heute nicht gekommen? War er wirklich krank? Oder hatte er sich vor der »vierhändigen Stunde« mit ihr gedrückt? Wollte er vielleicht gar nicht mit ihr Klavier spielen? Oder lag es an der Geschichte mit den Klavierlingen? Er hatte ihr *doch* nicht geglaubt. Er hatte zwar die Klavierlinge gesehen, aber er wollte nicht an sie glauben. Er wollte wie ein Erwachsener sein. Vernünftig und ohne Fantasie.

Auch Crescendo lag in seinem Bett, das auf Danielas Nachttisch stand. Seit zehn Minuten hatte Daniela kein Wort mit ihm gesprochen.

Er räusperte sich unentwegt, um sie auf sich aufmerksam zu machen, aber sie reagierte einfach nicht. Starrte gegen die Decke und seufzte manchmal.

Dabei hatte sich Crescendo so auf den gemeinsamen Abend mit Daniela gefreut. Endlich einmal die Freundin wiedersehen, ganz alleine, ohne Kaspar und Timo, vor allem aber ohne seine Eltern und Geschwister. Sie zu zweit – so wie damals, als sie ihn im Klavier entdeckt hatte. Wie viele Abende hatten sie seitdem zusammen verbracht! Gemeinsam ein Gutenachtlied gesungen, gemeinsam Klavier gespielt, viel gelacht und manchmal auch gestritten. Nein, nicht dass er Streit wollte. Aber vielleicht wäre es ihm sogar noch lieber als das, was Daniela machte: Sie sah und hörte ihn nicht, es war gerade so, als wäre er nicht da.

Crescendo wagte das Äußerste: Er kletterte aus seinem Bettchen, lief zur Kante des Nachttischs und sprang todesmutig auf Danielas Bett, mitten auf das Kopfkissen. Aber Daniela reagierte immer noch nicht. So stapfte er über das weiche Kissen, in das seine Füßchen versanken, zu Daniela hin und zog sie am Ohr. Sie schrak hoch.

»Was ist denn?« Sie klang ärgerlich.

»Hast du mich ganz und gar vergessen? Seit geraumer Zeit versuche ich, dich auf mich aufmerksam zu machen. Aber du überhörst und übersiehst mich.«

Daniela bekam ein schlechtes Gewissen. Sie hatte sich doch auch auf den Besuch Crescendos gefreut, aufs Plaudern bis zum Einschlafen, aufs Kichern und Singen. Aber jetzt war sie bloß in ihre trüben Gedanken versunken, und die hatten alle mit Jakob zu tun.

»Willst du mir nicht erzählen, was dich bekümmert?«, fragte Crescendo und versuchte, an Danielas Schulter hochzuklettern, um ihr Gesicht besser sehen zu können.

»Nichts«, brummelte Daniela, »es ist gar nichts.«

»Oh doch, es ist etwas – und es hat keinen Sinn, es vor mir verbergen zu wollen«, meinte Crescendo hartnäckig und rutschte wieder an Danielas Schulter ab. »Dafür hat man Freunde, um über solche Dinge zu sprechen. Ist es die Schule?« Erneut versuchte Crescendo, Danielas Schulter zu erklimmen. Tapfer krallte er sich am Schlafanzug fest.

Daniela musste unwillkürlich lächeln, dann

hielt sie Crescendo ihren Zeigefinger hin, er setzte sich drauf und sie hob ihn hoch, so dass sie sich ansehen konnten.

»Nein, ich habe keinen Ärger in der Schule und auch nicht zu Hause. Ich bin nur ein bisschen komisch drauf.«

Crescendo überlegte, was das wohl heißen mochte, wenn ein Mensch »komisch drauf« war. Er beschloss, nicht zu fragen. Offenbar bedeutete es, dass dieser Mensch im Bett lag und an die Decke starrte.

»Tut mir Leid, dass ich dich nicht beachtet habe, Crescendo«, sagte Daniela. »War nicht so gemeint. Erzähl mir was.«

»Ich erlebe nicht viel in meinem Klavier«, antwortete Crescendo. »Da sind meine Eltern und Geschwister, da ist Meister Richter. Sonst niemand.«

»Du wirst mir doch nicht trübsinnig werden im Klavier?«

»Nein, schließlich ist es meine Aufgabe, dort zu leben und zu arbeiten«, sagte Crescendo. Aber es klang nicht sehr glücklich.

»Macht es dir keinen Spaß mehr?«

»Oh doch!«, widersprach Crescendo. »Das Verhindern von Fehlern ist die schönste Aufgabe, die ein Klavierling haben kann! Aber...« hier zögerte er, »...ich habe einmal auch die andere Welt kennen gelernt. Deine Welt. Sie ist viel größer und bunter und schöner als meine.«

»Ich weiß, wie das ist«, sagte Daniela und setzte sich im Bett auf. »Man kann wahrscheinlich nur was vermissen, das man kennt. Solange du im Klavier warst, war das okay. Aber jetzt hast du auch was anderes gesehen und willst nun beides.«

Crescendo hatte beinahe Tränen der Rührung in den Augen, als er Daniela anguckte.

»Dein Verständnis ist wundervoll!«, nickte er. »Ja, du weißt, wie sich dein Freund fühlt.«

Ich weiß, wie *ich* mich fühle, dachte Daniela und hatte wieder ein schlechtes Gewissen. Denn sie hatte nicht so sehr an Crescendos Probleme gedacht, sondern eher an Jakob und sein rätselhaftes Verhalten.

»Du hast Recht, ich will beides«, sagte Crescendo gerade. »Ich will das Klavier und die große Welt, ich will bei Meister Richter und meiner Familie sein und gleichzeitig auch bei dir, ich will Klavier spielen und Fußball, ich will...«

»Du willst ganz schön viel«, meinte Daniela.

»Am besten alles«, gab Crescendo kleinlaut zu.

Dann lächelte er selig: »Aber eigentlich reicht es mir, bei dir zu sein.«

»Ja, das wäre schön«, sagte Daniela leise, dachte dabei aber gar nicht an Crescendo.

Zuletzt sangen sie doch noch einträchtig ihr Abendlied:

Der Mond ist aufgegangen,
Die goldnen Sternlein prangen
Am Himmel hell und klar…«

Frau Langdorf guckte noch kurz herein, lächelte Daniela zu und winkte. Dann schloss sie leise wieder die Tür. Crescendo und Daniela waren inzwischen bei einer anderen Strophe angekommen:

Seht ihr den Mond dort stehen?
Er ist nur halb zu sehen
Und ist doch rund und schön!
So sind wohl manche Sachen,
Die wir getrost belachen,
Weil unsre Augen sie nicht sehn.

»Das ist meine Lieblingsstrophe«, schwärmte Crescendo. »Es gibt Dinge, die man nicht sehen kann, die es aber doch gibt.«

»Klavierlinge zum Beispiel«, brummelte Daniela und dachte schon wieder an Jakob. Konnte er die Klavierlinge nun sehen oder nicht?

»Nur die, die blind im Herzen sind, können Klavierlinge nicht sehen«, protestierte Crescendo. »Doch Menschen können auch Töne nicht sehen. Komm, lass uns ein Spiel machen: Was gibt es, das man nicht sehen kann?«

»Töne«, murmelte Daniela.

»Das habe ich doch eben gesagt!«, empörte sich Crescendo. »Du bist nicht aufmerksam! Aber ich kenne noch etwas anderes, etwas sehr Bedeutendes.«

Daniela hörte nicht. Sie war schon wieder in Gedanken.

»Etwas ganz, ganz Wichtiges.«

Daniela horchte auf.

»Gefühle kann man auch nicht sehen«, meinte Crescendo. Dabei strahlte er Daniela an, dass ihr eigentlich das Herz hätte aufgehen müssen. Doch sie bemerkte Crescendos liebevollen Blick nicht. Sonst hätte sie ihm auch widersprechen müssen. Denn wenn jemand so guckte wie Crescendo jetzt in diesem Moment, dann konnte man auch Gefühle sehen.

Ein Gespräch von Mann zu Mann

Am nächsten Morgen brachte Daniela Crescendo zurück zu Thomas Richter, bevor sie zur Schule weiterfuhr. Ein kleiner Umweg mit dem Fahrrad – und schon war der Klavierling zu Hause. Während der Fahrt hatte er sich in der Jackentasche versteckt. Beim Radfahren war es ihm manchmal zu windig auf der Schulter. Nur bei sehr schönem Wetter nutzte er die »Cabrio-Variante«, wie Daniela das nannte. Daniela klingelte an Herrn Richters Haustür und holte Crescendo aus der Tasche. Er saß auf ihrem Handteller, und sie hielt die Hand ganz nah vor ihr Gesicht, damit sie sich in die Augen sehen konnten.

»Auf Wiedersehen, Crescendo. Wir sehen uns am Donnerstag.« Daniela wollte es kurz machen, sie war spät dran.

»Können wir uns nicht zuvor noch einmal begegnen?«, fragte Crescendo und warf einen flehentlichen Blick auf Daniela. Aber die schüttelte den Kopf.

»Ich muss ganz schön viel für die Schule arbeiten«, sagte sie. »Außerdem ist heute Geburtstagsparty bei Carolin, morgen ist Kino…« Crescendo senkte traurig den Kopf.

»Sagst du mir nicht auf Wiedersehen?«, fragte Daniela leise. Crescendo stand auf, ging auf dem Handteller auf Danielas Nase zu und gab ihr ein Küsschen auf die Nasenspitze.

»Leb wohl«, sagte er. »Und gedenke mein.«

In diesem Moment ging die Tür auf und Thomas Richter guckte verschlafen heraus.

»Guten Morgen«, sagte Daniela, »ich bringe Crescendo zurück.«

Der Musiker brummelte irgendetwas von mitten in der Nacht und nahm den Klavierling in Empfang.

»Ich komme dann am Donnerstag wieder – zum Unterricht.«

»Alles klar«, murmelte Thomas Richter, der

eindeutig noch nicht ganz wach war. Crescendo winkte noch Daniela zu, aber die schwang sich schon auf das Fahrrad und fuhr weg.

»War's nett?«, fragte der Musiker Crescendo, doch der gab keine Antwort. Thomas Richter guckte ihn fragend an, doch dann erschrak er: »Aber Crescendo, du weinst ja.«

Schlagartig war er hellwach. Er war ja morgens reichlich verpennt, aber wenn es einem seiner Klavierlinge schlecht ging, verstand er keinen Spaß. Er setzte Crescendo auf den Küchentisch und zog sich einen Stuhl heran.

»Was ist los?«

Crescendo wusste nicht so recht, wie er anfangen sollte. Er wischte seine Tränen ab, dann sah er seinen Freund traurig an. »Daniela«, sagte er nur.

Thomas Richter kapierte nicht. »Was soll mit ihr sein? Die sah doch recht vergnügt aus.«

»Das ist es ja. Es gab eine Zeit, da war auch sie traurig, wenn wir uns trennen mussten. Aber heute hatte ich den Eindruck, es machte ihr gar nichts aus.«

»Aber, aber«, beschwichtigte ihn Herr Richter. »Sie war eben mit den Gedanken schon in der Schule. Vielleicht hat sie viel zu tun.«

Crescendo nickte. »Das sagt sie auch. Doch ich hege die Vermutung, dies ist nicht der wahre Grund. Auch gestern dünkte mich, sie wäre mit ihren Gedanken in weiter Ferne gewesen.«

Der Pianist horchte auf. »Und wo, bitte?«

Crescendo zuckte die Schultern. »Das ist mir nicht bekannt. Es liegt ein träumerischer Ausdruck auf ihrem Gesicht.«

Thomas Richter runzelte die Stirn. Verträumt? Daniela? Crescendo versuchte zu erklären, was er meinte.

»Daniela hatte den gleichen Gesichtsausdruck wie Sie, großer Meister, wenn Sie von der Cellistin sprechen.«

Der Pianist lief knallrot an. »Wie gucke ich dann?«

»So«, sagte Crescendo, legte den Kopf schief, verdrehte die Augen leicht, lächelte verträumt und seufzte dazu. Thomas Richter wurde noch röter, falls das möglich war.

Crescendo sah ihn fragend an: »Was bedeutet dies bei Menschen?«

Der Musiker wurde sehr verlegen. Er wusste genau, was das war, aber sollte er Crescendo sagen, dass er verliebt war – und Daniela vielleicht auch?

»Man denkt an etwas Schönes«, sagte er ausweichend.

»Kann es auch sein, dass man an jemanden denkt, an den man gerne denkt?«, hakte Crescendo nach.

Thomas Richter nickte. »Ja, ich erinnere mich gerne an das Konzert mit der Cellistin, sie spielte sehr gut.«

Crescendo schüttelte ärgerlich den Kopf: »Das ist es nicht, was ich meine. Denken Sie nicht überhaupt gerne an die Cellistin, auch ohne Cello?«

Thomas Richter war jetzt dunkelrot: »Sie ist auch ohne Cello sehr nett«, gab er leise zu.

Dann kam Crescendo zur entscheidenden Frage: »Wem aber gelten Danielas Gedanken, wenn sie träumerisch in die Ferne sieht?«

Der Pianist zuckte ratlos die Schultern. »Ich weiß es nicht. Vielleicht einem Jungen aus ihrer Klasse. Oder…« Da hatte Herr Richter eine seltsame Idee. Mehr zu sich als zu Crescendo murmelte er: »Es wird doch wohl nicht Jakob sein?«

Doch Crescendo hatte ihn sehr gut verstanden. »Jakob?«

»Der Junge, mit dem sie Klavier spielt«, sagte Herr Richter.

»Oh, ich habe ihn kurz gesehen«, nickte Crescendo und dachte: Richtig, sie spielt mit einem anderen Klavier! Der Schreck fuhr ihm in alle Glieder. Das konnte ja nicht gut sein. Das Schöne an ihrer Freundschaft war das gemeinsame Musizieren. Das sollte Daniela doch nicht mit irgendeinem Jakob teilen.

»Wie ist dieser Jakob?«, fragte Crescendo, denn er meinte, der Junge müsse etwas Besonderes sein.

»Wie alle anderen Jungen auch. Wie Kaspar und Timo, nur schon größer.«

Größer, dachte Crescendo. Aber sonst hat er offenbar nichts, was ihn besonders macht. Das beruhigte Crescendo und er kam wieder auf sein eigentliches Thema zurück.

»Wie nennen die Menschen dieses Gefühl, wenn sie so seltsam vor sich hinträumen?«

»Wir sagen dann: Ich bin verliebt.«

Crescendo nickte. »So sind Sie also verliebt, großer Meister.« Thomas Richter räusperte sich, sagte aber nichts.

»Und Daniela«, fuhr Crescendo traurig fort, »ist auch verliebt, so scheint mir. Sie spricht mit mir, aber ihre Gedanken sind nicht bei mir. Das habe ich gespürt.«

»Das bildest du dir nur ein«, tröstete ihn Herr Richter. »Ich glaube nicht, dass Daniela sich verliebt hat.« Aber ganz überzeugt war er nicht. Er sagte es nur, um Crescendo aufzumuntern.

»Ich habe Angst«, sagte Crescendo leise. »Daniela hat wenig Zeit, die sie mit mir verbrin-gen möchte. Andere Dinge sind ihr wichtiger.«

»Sie will eben mit ihren Freundinnen zusammen spielen«, meinte Thomas Richter.

»Geburtstagsfest und Kino.«

»So ist das, wenn Kinder größer werden«, bestätigte der Musiker. »Sie haben ihre Termine und Verabredungen, genau wie Erwachsene.«

Crescendo kam näher heran. Er warf einen skeptischen Blick auf das Klavier, in dem seine Eltern und Geschwister saßen. Er sprach nun leiser: »Das ist aber sehr traurig für mich. Denn, edler Meister, bitte verzeihen Sie mir, aber ich würde meine Freundin gerne öfter besuchen.«

Thomas Richter sah Crescendo überrascht an.

»Ich vermisse sie so sehr«, fügte der Klavierling leise hinzu.

»Gefällt es dir bei mir nicht?«, fragte der Musiker und war fast ein bisschen gekränkt.

»Es ist seltsam«, sagte Crescendo. »Vor einem Jahr, als Daniela mich fand, hatte ich Sehnsucht nach meiner Familie. Ein entsetzliches Gefühl. Ich war so glücklich, als ich wieder mit meinen Lieben vereint war.«

»Ich kann mich noch gut erinnern«, nickte Herr Richter.

»Aber heute«, Crescendo sah noch einmal auf das Klavier und dämpfte seine Stimme noch mehr, so dass er fast flüsterte. »Aber heute bin ich bei meiner Familie und habe oft Sehnsucht nach Daniela.«

Thomas Richter horchte auf. »Sehnsucht?«

Crescendo nickte, und jetzt war er es, der ein bisschen rot wurde. »Ich möchte hier sein bei Euch und meiner Familie, aber zugleich möchte ich auch dort sein. Ich fühle mich zerrissen!«

Thomas Richter nickte nachdenklich. »Sag mal, Crescendo, kann es sein, dass du erwachsen wirst?«

Crescendo sah ihn fragend an und der Klavierlehrer musste erklären, was er meinte.

»Kleine Kinder sind immer gerne bei ihren Eltern. Je größer sie aber werden, desto öfter gehen sie aus dem Haus und desto wichtiger werden ihre Freunde für sie. Irgendwann gehen sie für immer – und kommen nur noch zu Besuch. Sie wohnen dann allein oder heiraten und haben selbst Kinder. Ist das bei Klavierlingen auch so?«

Crescendo schüttelte den Kopf: »Wer sich eine Braut sucht und eine Klavierlingsfamilie gründen möchte, der bekommt ein eigenes Klavier. Sonst bleibt man bei seiner Familie. Es wäre auch gar einsam, allein in einem Klavier zu leben.«

Thomas Richter nickte. »Deine Eltern erwarten also, dass du bei ihnen bleibst. Es sei denn, du verliebst dich und willst heiraten.«

Crescendo sah nachdenklich vor sich hin. »Sie werden kein Verständnis haben, wenn ich ihnen meine Sehnsucht nach Danielas Nähe gestehe.«

»Aber du musst mit ihnen reden. Ich will nicht, dass du bei mir lebst und unglücklich bist.«

Crescendo sah nun wieder sehr traurig aus. »Aus diesem Grunde muss ich auch mit Daniela sprechen. Wer weiß, ob ihr meine häufige Nähe überhaupt angenehm ist?«

Thomas Richter erschrak. Daniela würde doch wohl ihrem kleinen Freund keinen Korb geben?

Eltern und Kinder

Crescendo hatte Angst davor, mit seinen Eltern zu reden. Sie waren Klavierlinge vom alten Schlag: Entweder ein Klavierling blieb bei seiner Familie, oder man suchte eine Frau, die zu ihm passte. Das war gar nicht so leicht, denn wenn die Familie immer zusammen in einem Klavier lebt, wie kann man da jemanden kennen lernen und sich verlieben?

Crescendo wählte für das Gespräch einen Augenblick, wo seine Geschwister sich in einem anderen Teil des Klaviers tummelten. Er wollte Glissando und Acceleranda nicht dabeihaben.

»Liebe Eltern«, begann er die Unterredung, »hochverehrte Frau Mutter, hochwohlgeborener

Herr Vater…« Da wusste sein Vater schon, dass Crescendo etwas Wichtiges zu sagen hatte. So umständlich fangen selbst Klavierlinge eine Unterhaltung nur dann an, wenn sie etwas Bedeutendes mitteilen wollen.

Crescendo räusperte sich: »Es gibt da eine Angelegenheit, die mein Herz näher angeht.«

Sofort war Crescendos Mutter alarmiert. Das hatte sie doch gesagt, als Herr Richter so verliebt dreinsah! Hatte Crescendo ein Mädchen kennen gelernt? Wo denn? In welchem Klavier war der Junge bloß gewesen?

Crescendo fuhr unbeirrt fort: »Ich habe eine große Bitte, die nicht ganz in der Tradition unseres edlen Geschlechtes steht, aber für mich doch von großer Bedeutung ist.«

»Sprich deutlicher, mein Sohn«, murrte sein Vater, der allmählich ungeduldig wurde.

»Ich bitte um die Erlaubnis, Daniela öfter besuchen zu dürfen«, sagte Crescendo und sah seine Eltern flehend an. Die wechselten überrascht einen Blick.

»Das ist gegen die Tradition. Wir haben dir erlaubt, von Zeit zu Zeit… Aber was ist das für eine Vorstellung?«, fragte der Vater.

Crescendo sagte ganz leise und ängstlich: »Ich

möchte so häufig wie möglich Danielas Gegenwart genießen.«

»Es ist nicht erlaubt, dass du uns verlässt!«, rief die Mutter.

»Ich werde ja wiederkommen«, gab Crescendo klein bei. »Was soll das heißen: Wiederkommen?«, fragte der Vater streng und runzelte die Stirn.

»Einmal die Woche?«, schlug Crescendo zaghaft vor. Die Eltern sahen sich entsetzt an. »Crescendo, das entspricht nicht unserer Lebensweise«, sagte der Vater.

»Aber…«

»Ist das auch Danielas Wunsch?«, fragte die Mutter – und damit stellte sie eine wichtige Frage. Denn das wusste Crescendo wirklich nicht, aber zugeben konnte er es auch nicht: »Ich wollte zunächst mit euch sprechen«, wich er dieser Frage aus.

Zur gleichen Zeit wollte Daniela zu Hause etwas ganz anderes. Um drei Uhr sollte Jakob zum Üben kommen, doch jetzt war es schon zehn nach drei und er war immer noch nicht da. Unruhig ging sie im Wohnzimmer auf und ab. Manchmal schlug sie ein paar Tasten auf dem Klavier an, aber aufs Üben konnte sie sich nicht konzentrieren. Ihre Mutter guckte herein und lächelte.

»Er wird schon noch kommen«, munterte sie ihre Tochter auf und zwinkerte ihr zu. Daniela verdrehte die Augen. Konnte die sich nicht um ihre eigenen Angelegenheiten kümmern? Da klingelte es. Bevor Daniela zur Tür laufen konnte, hatte ihre Mutter schon aufgemacht.

»Hallo, Jakob. Schön, dich zu sehen.« Frau Langdorf sah den Jungen freundlich an, der sich sichtlich unbehaglich in seiner Haut fühlte.

»Tag«, sagte Jakob und drückte sich an Frau Langdorf vorbei. Daniela stand in der Wohnzimmertür.

»Hallo, Jakob.« Mehr fiel ihr auch nicht ein.

»Los, fangen wir an.« Jakob war nicht sehr gesprächig. Er wollte es hinter sich bringen. Was hatte sich der Klavierlehrer bloß dabei gedacht, dass er ihn mit diesem Mädchen üben ließ? Und dann sollten sie auch noch bei einem Konzert seiner Schüler vorspielen. Hoffentlich kriegte das keiner aus seiner Klasse mit. Gemeinsam setzten sich die beiden ans Klavier, Jakob schlug die Noten auf und zählte: »Drei, vier.«

In der Küche räumte Frau Langdorf die Geschirrspülmaschine aus. Sie versuchte, möglichst wenig Lärm zu machen, um die Kinder nicht zu stören. Gut hörte sich das an. Viel voller und kräftiger, wenn zwei Kinder am Klavier spielten. Schade, dass Kaspar und Daniela nicht vierhändig spielten. Sie fingen immer an, sich zu streiten. Wenn Kaspar überhaupt mit jemandem übte, dann mit seinem Freund Timo. Und das war sehr selten der Fall. Meistens spielten sie lieber Fußball – so wie jetzt, wo sie im Garten herumtobten.

Platsch. Da knallte gerade ein Ball gegen das Wohnzimmerfenster. Daniela erschrak – und hörte auf zu spielen. Entschuldigend sah sie Jakob an. »Das ist mein dämlicher kleiner Bruder mit seinem Freund. Die haben nur Fußball im Kopf.«

»Cool«, brummelte Jakob und dachte: Lieber mit kleinen Jungs Fußball als mit kleinen Mädchen Klavier spielen.

Sie übten ihre drei Stücke, und dann noch einmal von vorne. Jakob war sehr konzentriert, aber ohne rechte Lust. Daniela merkte das sehr gut. Von Crescendo hatte sie gelernt, was es hieß, mit Leidenschaft und Begeisterung zu spielen – und sie konnte inzwischen auch hören, wie das klang, wenn jemandem völlig egal war, welche Töne aus dem Klavier herauskamen.

»Willst du lieber aufhören?«, fragte sie zaghaft und Jakob sprang sofort von seinem Klavierhocker auf.

»Gute Idee«, sagte er und klappte die Noten zu. »Das muss erst mal reichen.«

Daniela überlegte. Ob sie ihn noch mal auf die Klavierlinge ansprechen sollte? Oder war es besser zu warten, bis er von selbst anfing? Aber Jakob sagte nichts. Er sah sehnsüchtig durch die Tür in den Garten, wo Timo und Kaspar Fußball spielten.

»Hast du noch mal drüber nachgedacht…«, fing Daniela zaghaft an. Aber Jakob bügelte das Gespräch sofort nieder.

»Ich geh mal in den Garten«, sagte er. »Vielleicht brauchen die Jungs noch einen guten Tormann.« Und draußen war er.

Als Frau Langdorf mit Saft und Keksen ins

Wohnzimmer kam, saß Daniela allein in einer Ecke. Sie tat so, als würde sie lesen. Aber Frau Langdorf sah sofort, dass sie nicht las, denn sie starrte vor sich hin, knapp am Buch vorbei. Frau Langdorf setzte sich zu ihrer Tochter. Dann erst sah sie, dass Jakob draußen mit den Jungs Fußball spielte.

»Bist du sauer?«, fragte sie vorsichtig.

»Lass mich doch in Ruh!«, knurrte Daniela, klappte das Buch zu, stand auf und ging hinauf in ihr Zimmer. Das hätte sie früher nie zu mir gesagt, dachte Frau Langdorf. Irgendetwas ist anders geworden. Ich fürchte, meine Kinder werden groß – und ich hab's bisher noch nicht kapiert.

Verliebt sein ist schwer

Daniela suchte einen Vorwand, um wegzugehen. Sie konnte es kaum ertragen, die Jungs im Garten toben zu hören. »Ich fahre zu Crescendo«, rief sie in die Küche.

»Wie bitte?«, fragte ihre Mutter erstaunt, die von der Existenz des Klavierlings ja gar nichts wusste.

»Ich muss noch zu Herrn Richter«, verbesserte sich Daniela.

»Nennst du ihn Crescendo?«, hakte Frau Langdorf nach.

»Nur wenn er es nicht hört«, faselte Daniela und war froh, dass ihr diese Ausrede eingefallen war. Nicht mal vor dem Klavierlehrer haben die Kinder Respekt, dachte Frau Langdorf. Naja. Sie hatte zunächst auch gedacht, er sei ein verrückter Musiker. Aber als Lehrer war er offenbar gut. Er begleitete Daniela sogar, wenn sie Saxophon spielte, aber sie hatte auch gern Klavierunterricht bei ihm. Dabei hatte sie vor einem Jahr schon aufhören wollen. Ja, selbst Kaspar war mit der Zeit ein recht passabler Klavierspieler geworden.

Thomas Richter war wenig begeistert, als Daniela überraschend auftauchte. Er hatte den Teetisch gedeckt, für die Cellistin und sich. Sie wollten zusammen noch ein weiteres Konzert geben und dafür heute das neue Programm besprechen. Es war wundervoll, mit ihr zu spielen. Katharina Melzer hatte einen faszinierenden, warmen, weichen Ton auf dem Cello – aber auch in ihrer Stimme. Er konnte ihr stundenlang zuhören, wenn sie spielte und wenn sie redete. Leider hatte er nicht oft Gelegenheit dazu. Es war das erste Mal, dass sie zu ihm kam. Für das letzte Konzert hatten sie immer in der Musikhochschule geprobt. Da war er auf die Idee gekommen, sie könnten auch bei ihm proben. Und so war Daniela heute wirklich ein bisschen unerwünscht. Aber das sagte er ihr nicht.

»Hallo, Daniela.« Thomas Richter bemühte sich zu lächeln. »Das ist aber jetzt…«

»Darf ich zu Crescendo?«

»Ich bekomme gleich Besuch und…«

»Das macht mir nichts aus«, fiel Daniela ihm ins Wort. »Ich gehe mit Crescendo in die Küche. Sie sitzen doch bestimmt im Wohnzimmer beim Klavier.«

Das kann ja heiter werden, dachte der Musiker. Jetzt komme ich schon gegen elfjährige Mädchen nicht mehr an…

Daniela war schon an ihm vorbei zum Klavier gegangen. Sie klopfte zwei Mal lang, zwei Mal kurz und hörte einen Freudenschrei. Crescendo. *Die* Überraschung war ihr gelungen. Sie öffnete das Instrument, begrüßte die anderen Klavierlinge höflich und holte dann ihren Freund heraus.

»Wie geht's dir?«, fragte sie, während sie ihm mit dem kleinen Finger übers Haar strich.

»Meine Freundin – du kommst überraschend, aber hochwillkommen«, stammelte Crescendo.

Thomas Richter überlegte fieberhaft. Eigentlich wollte er heute, wenn die Gelegenheit günstig war, mit Katharina Melzer auch über die Klavierlinge sprechen. Aber das ging jetzt schlecht: Crescendo mit Daniela in der Küche, aus dem Klavier hörte Herr Richter den Vater nörgeln, dass Crescendo sich schon wieder aus dem Instrument entfernt habe, das war kein guter Zeitpunkt! Ob Katharina ihm überhaupt glauben würde? Vielleicht war es besser, mit dieser Geschichte noch zu warten. Sonst würde sie denken, er sei ein bisschen verrückt – falls sie die Klavierlinge nicht sehen könnte.

»Wie komme ich zu der Ehre deines Besuches?«, fragte Crescendo und malte sich die schönsten Begründungen aus.

»Ich wollte dich sehen«, antwortete Daniela kurz. Doch Crescendo hörte aus diesem knappen Satz: »Ich hatte solche Sehnsucht nach dir.« Aber das hatte Daniela nicht gesagt. Überhaupt konnte sich Daniela gar nicht auf Crescendo konzentrieren. Zwar spielte sie mit ihm, sie schossen einen kleinen Papierball hin und her, aber sie war mit den Gedanken bei Jakob.

»Können sich Klavierlinge eigentlich verlieben?«, fragte Daniela unvermittelt. Crescendo verpasste prompt den Ball, der auf den Boden fiel. Daniela hatte Mühe, die Papierkugel wieder zu finden.

»Im Grunde muss ein Klavierling froh sein,

wenn er eine Frau findet«, begann Crescendo. »Das ist nicht so einfach. Nur bei großen Konzerten mit vielen Klavieren oder bei einem Instrumentenmacher kann man sich manchmal umsehen. Aber sonst…«

»Bist du schon verliebt gewesen?« Crescendo ließ wieder die Papierkugel vorbeirollen.

»Nun ja…"

»Weißt du überhaupt, was das ist?« Daniela ließ ihm keine Chance zu antworten: »So mit Kribbeln im Bauch und immer an einen Menschen denken und rot werden und feuchte Hände kriegen, wenn er reinkommt…« Crescendo wurde knallrot, aber Daniela beachtete das nicht. Sie guckte verträumt vor sich hin. Crescendo überlegte. In wen konnte sie sich verliebt haben? In diesen Jakob? Oder gab es einen anderen Konkurrenten? Es war offenbar Zeit zu handeln!

Thomas Richter ging nervös auf und ab. Der Tee stand auf dem Tisch, daneben der Kuchen – nur, wo blieb Katharina? Und wie machte er Daniela klar, dass sie gehen sollte? Denn er konnte Katharina wohl schlecht erklären, warum ein Kind in seiner Küche saß und auf den Küchentisch einredete – falls sie den Klavierling nicht sah. Doch wenigstens diese Sorge wurde ihm genommen. Daniela kam mit Crescendo aus der Küche.

»Wir gehen zu mir nach Hause«, sagte sie. »Crescendo bleibt über Nacht bei mir und ich bringe ihn morgen zum Klavierunterricht wieder mit.« Herr Richter war unendlich erleichtert.

»Ich muss noch meine Eltern um Erlaubnis bitten«, warf Crescendo vorsichtig ein.

»Bist du denn nicht erwachsen?«, fragte Daniela.

»Nicht so richtig«, meinte Crescendo kleinlaut. Daniela klappte den Deckel des Klaviers auf und guckte hinein.

»Aber nur eine Nacht!«, rief Crescendos Vater streng. »Ich wünsche, dass mein Sohn morgen zu uns zurückkehrt!«

»Alles klar. Danke!«, sagte Daniela und machte den Deckel wieder zu. Dann setzte sie Crescendo auf ihre Schulter und ging zur Tür. Als sie aufmachte, stand Katharina Melzer da. Erstaunt sah sie auf das Mädchen, dann auf Thomas Richter.

»Sie… sie… sie geht gerade«, stotterte der und wirkte dabei etwas seltsam.

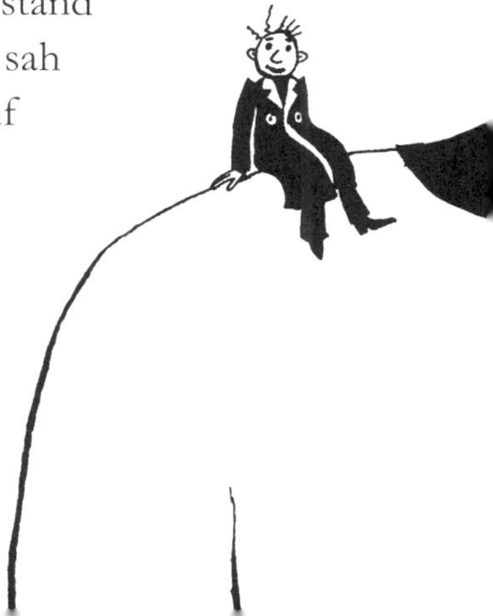

Katharina Melzer sah den Klavierling offensichtlich nicht.

Sie kam herein und lächelte. »Hallo«, sagte sie zu Daniela und wandte sich dann an Herrn Richter. »Hallo, Thomas.«

Bevor sie ging, gab Daniela ihrem Lehrer noch die Hand – seine war ganz heiß… Daniela überlegte beim Rausgehen: Herr Richter war rot geworden, stotterte und hatte feuchte Hände. Ob er wohl verliebt war?

Thomas Richter war sehr verliebt. Als er mit Katharina Melzer die Noten durchblätterte, konnte er kaum sprechen.

»Was sollen wir spielen?«, fragte sie.

»Vielleicht Bach?«, schlug er schüchtern vor.

»Nicht immer nur Bach.« Katharina Melzer schüttelte den Kopf. »Auch was Modernes.«

Thomas Richter hörte empörte Stimmen aus dem Klavier und ein energisches Klopfen. Aber Katharina merkte davon offenbar nichts. Sie zog handgeschriebene Notenblätter heraus.

»Da. Das finde ich gut. Das hat ein junger Komponist geschrieben, den ich kenne.« Thomas Richter blieb fast das Herz stehen. Es gab einen anderen. Und der war sogar Komponist…

Geständnisse

Daniela übte in ihrem Zimmer Saxophon. Crescendo saß auf der Kante ihres Schreibtischs und hörte zu. Bis heute verstand er nicht, warum Daniela diese »Goldhupe«, wie er sie nannte, besser fand als das »altehrwürdige« Klavier. Aber das war Danielas Entscheidung. Da durfte er ihr nicht dreinreden, auch wenn er ihr Freund war.

Freund, ach ja. Während Daniela eifrig übte, dachte Crescendo sehr genau über dieses Wort nach. Waren sie wirklich so gute Freunde? Eigentlich schon. Wenn er Sorgen hatte, erzählte er sie Daniela, und wenn sie sich über Kaspar oder ihre Eltern ärgerte oder wenn sie Probleme in der Schule hatte, dann erzählte sie es ihm. Manchmal. Nicht immer. Denn sie sahen sich ja nicht so häufig. Außerdem hatte Daniela noch andere Freunde. Solche, die so groß waren wie sie, die mit ihr zur Schule gingen, die sie jeden Tag sah, mit denen sie vieles gemeinsam hatte. Oder Menschen, die sie besonders mochte und gerne als Freunde haben würde, wie diesen Jakob da.

»War doch okay, oder?« Crescendo erschrak. Daniela redete mit ihm, und er wusste gar nicht, worum es ging.

»Nun, ja doch, in der Tat, fürwahr…« Crescendo flüchtete sich in Floskeln, damit Daniela nicht merkte, dass er mit seinen Gedanken woanders gewesen war. Aber Daniela durchschaute ihn sofort und lachte.

»Haben Euer Gnaden geträumt? Ich spiele auf dieser Tröte, die du viel zu laut und modern findest, und du fängst an zu träumen? Das hätte ich nie zu hoffen gewagt!« Daniela war richtig aufgekratzt. Sie grinste Crescendo an. »Soll ich Euer Gnaden noch eine kleine Träumerei spielen?« Crescendo schüttelte den Kopf.

»Ich bin in Gedanken versunken«, gab er zur Antwort.

»Pass auf«, sagte Daniela. »Ich putze jetzt

mein Saxophon, und du erzählst mir, worüber du nachdenkst.«

Das war eine gute Idee, fand Crescendo. Also holte Daniela den Lappen heraus, nahm das Mundstück ab und machte ihr Instrument sauber.

»Dieses ist mein Anliegen«, sagte Crescendo. »Du hast mich gefunden, vom Tode errettet, es ist mir gelungen, deine Freundschaft zu gewinnen. Du hast auch meine Familie gerettet, nach der ich in Sehnsucht verlangte. Und du hast uns eine neue Heimat gesucht beim großen Meister Richter.«

»Ich weiß, ich weiß«, brummelte Daniela. »Ich war ja dabei.«

»Seitdem ist ein Jahr ins Land gezogen«, fuhr Crescendo unbeirrt fort. »Wir leben bei Meister Richter, er musiziert mit uns, ernährt uns, spricht mit uns.«

»Ich weiß«, murmelte Daniela, aber Crescendo hörte sie nicht. Er musste seinen ganzen Mut zusammennehmen.

»Wir begegnen uns«, fuhr er leise fort und wurde noch leiser, »aber aus meiner Sicht recht selten. Mein Wunsch ist es, dich öfter zu sehen, in deiner Nähe zu leben. Ich habe darum meine

Eltern gebeten, mir die Erlaubnis zu geben, häufiger deine Gegenwart genießen zu können.«

Daniela hatte aufgehört, ihr Saxophon zu putzen. Sie starrte Crescendo erstaunt an. »Vielleicht hättest du erst mal mich fragen sollen, ob das geht und ob mir das recht ist.«

Crescendo nickte betrübt. Besonders begeistert schien Daniela von seinem Vorschlag ja nicht zu sein. »Das waren auch die Worte meines Vaters. Es kränkt meine Eltern, dass ich sie verlassen möchte um eines Menschenkindes willen. Eine Erlaubnis ist noch nicht erteilt. Die Frau Mutter riet mir, zunächst deine Meinung einzuholen.«

»Kluge Frau«, nickte Daniela und überlegte fieberhaft, was sie auf Crescendos Vorschlag antworten sollte. Denn die Wahrheit war: Sie wollte das nicht. Aber so hart mochte sie das nicht sagen.

Daniela legte ihr Saxophon beiseite, setzte sich und sah Crescendo ernst an: »Es geht nicht«, sagte sie. Als Crescendo sie unterbrechen wollte, hob sie energisch die Hand und redete weiter. »Erinnerst du dich, wie das war, als du hier gelebt hast? Du warst mindestens den halben Tag allein im Klavier. Frei herumlaufen ging nicht, weil meine Eltern dich ja nicht sehen und dich jederzeit hätten zertreten können. Und wenn ich aus der Schule kam, wolltest du unbedingt mit mir spielen. Aber das ging nicht immer. Ich musste Schulaufgaben machen, außerdem habe ich ja auch noch andere Freunde und Hobbys. Immer das Versteckspiel mit den Erwachsenen, immer die Klagen, dass du so einsam seist.«

Crescendo senkte den Kopf. Er hatte Tränen in den Augen, aber er wollte nicht, dass Daniela das sah. Also wandte er sich etwas ab.

»Ich bin älter und weiser geworden«, sagte er leise.

»Ja, ein Jahr«, lachte Daniela, »genau wie ich. Ob uns das viel weiter hilft?«

»Ich will dich doch auch sehen!«, fuhr Daniela fort, denn Crescendo sagte jetzt gar nichts mehr. »Aber es geht nicht jeden Tag. Wir treffen uns zurzeit sowieso ziemlich oft, nicht nur am Donnerstag. Manche Freundinnen sehe ich nicht so oft wie dich.«

»Du willst sagen: Häufigere Treffen sind ausgeschlossen?« Crescendo klang ganz verzagt.

»Öfter geht nicht!«

Crescendo gab aber noch nicht auf: »Sonst

sagst du immer, es geht alles, wenn man es wirklich will.«

»Es geht, wenn ich nichts anderes mehr mache, als mich um dich zu kümmern«, sagte Daniela. »Nur noch Schule und Crescendo.«

»Das ist nicht dein innigster Wunsch.«

Daniela wurde allmählich ungeduldig. »Crescendo, es geht nicht!«

»Es wäre möglich, ist aber nicht dein innigster Wunsch.«

Daniela war jetzt böse: »Gut, dann will ich eben nicht. Wenn du das unbedingt hören willst.«

Da fing Crescendo an zu weinen.

Daniela fühlte sich schuldig. Was sollte sie ihm sonst sagen? Sie hatte die Wahrheit so schön verkleidet wie möglich. Aber das war immer noch zu hart gewesen. Jetzt hatte sie ein Häufchen Elend vor sich.

»Crescendo«, sagte sie leise und strich ihm behutsam mit dem Finger über den Kopf, »man kann nicht immer zusammen sein.«

»Klavierlinge sind dazu im Stande«, schluchzte Crescendo, »meine Eltern sind immer zusammen, und wir sind bei ihnen.«

»Richtig, aber du langweilst dich dort«, sagte Daniela ernst.

Crescendo sah zu ihr hoch. »Weil ich deine Gesellschaft der ihren vorziehe.«

Daniela versuchte zu erklären: »Schau mal, bei Menschen ist das anders. Sie sind nicht immer zusammen. Meine Eltern zum Beispiel, die sind zwar verheiratet, aber die sehen sich auch nicht Tag und Nacht, obwohl sie sich bestimmt sehr gern mögen.«

»Aber sie sehen sich abends und nachts und morgens…«

Daniela nickte: »Sie sind ja auch verheiratet. Sie leben zusammen und haben Kinder.«

Crescendo dachte nach: »Vielleicht sollten wir auch heiraten?«, fragte er Daniela zaghaft.

Daniela starrte ihn überrascht an, dann brach sie in schallendes Gelächter aus. Sie meinte, er habe einen guten Witz gemacht.

Ich bin ihr zu klein, dachte Crescendo. Wenn ich so groß wäre wie dieser Jakob, würde sie mich sicherlich interessant finden. Denn ich bin musikalisch und gebildet, ich verehre sie und ich bin gut gekleidet. Ob dieser Jakob das auch alles ist? Crescendo hatte ihn ja nur kurz gesehen. Aber so, wie sein Meister ihn beschrieben hatte, war er vor allem groß.

Im Wohnzimmer saßen Herr und Frau Langdorf. »Wo ist eigentlich Kaspar?«, fragte Herr Langdorf.

»Der ist bei Timo«, antwortete seine Frau. »Ich habe ihm erlaubt, bei ihm zu übernachten.«

»Manchmal habe ich das Gefühl, wir sehen unsere Kinder kaum noch.« Herr Langdorf wurde nachdenklich.

»Sie werden groß und führen ein eigenes Leben«, meinte seine Frau. »Sie haben Freunde, die werden immer wichtiger, und wir Eltern immer unwichtiger. Kürzlich zum Beispiel spielte Daniela mit einem Jungen Klavier. Auch ein Schüler von Herrn Richter.«

Herr Langdorf sah sie überrascht an. »Ein Junge?«

»Ja. Er heißt Jakob. Und wenn ich es nicht besser wüsste, würde ich sagen, unsere Daniela ist ein bisschen verschossen in ihn.«

»Und warum weißt du es besser?«, fragte Herr Langdorf und sah seine Frau neugierig an.

»Mit elf Jahren, ich bitte dich«, lachte Frau Langdorf. »Die großen Gefühle, die kommen doch erst später!«

Herr Langdorf schüttelte energisch den Kopf: »Wenn du dich da mal nicht täuschst«, murmelte er und sah versonnen vor sich hin, als wäre er in Erinnerungen versunken. »Ich kannte da mal ein Mädchen…«

»Ach ja?«, sagte seine Frau amüsiert. »Ich hoffe, es war, bevor wir uns kannten.«

»Es war im Kindergarten«, erzählte Herr Langdorf weiter und seine Frau lächelte ironisch.

»Lach nur«, sagte er. »Ich war wahnsinnig verliebt in sie, und sie vielleicht auch in mich. Wir gingen jeden Tag Hand in Hand in den Kindergarten.«

»Aber das tun doch viele Kinder«, antwortete seine Frau.

»Kann schon sein«, meinte ihr Mann, »aber ich hatte wirklich Herzklopfen. Und ich wollte nur mit ihr spielen, nur sie sehen. Das dauerte sogar noch während der Schulzeit. Nur dass wir uns dann nicht mehr an den Händen hielten, weil die anderen lachten.«

Frau Langdorf war nachdenklich geworden. »Du meinst, Kinder können sich verlieben?«

»Warum nicht?«, fragte Herr Langdorf. »Wir nehmen sie nur nicht ernst. Sonst würden wir sehen, dass sie genauso Liebeskummer haben wie wir und genau solches Herzklopfen – wie ich damals.«

»Was ist denn aus deiner großen Liebe geworden?« Frau Langdorf war neugierig.

»Ihre Eltern sind in eine andere Stadt gezogen – und weg war sie.«

»Habt ihr euch noch geschrieben?«

»Es war in der zweiten Klasse«, erzählte Herr Langdorf weiter. »Ich konnte noch nicht so gut schreiben. Und besuchen konnten wir uns auch nicht. So haben wir uns aus den Augen verloren.«

Frau Langdorf gab ihrem Mann einen Kuss. »Was für ein Glück für mich«, sagte sie und sah ihn ernst an. Ich werde mal ein Auge auf Daniela haben, dachte sie für sich.

Sichtbar und unsichtbar

Es wird ein Großkampftag, dachte Thomas Richter. Für mich und für meine Klavierlinge. Und ich bin sehr neugierig, wie die Sache ausgeht. Erst würde er Jakob und Daniela unterrichten, dann kam Katharina Melzer zur Probe. Und in beiden Fällen wollte er den Klavierlingstest machen.

Den Plan dazu hatte er mit Daniela ausgeheckt. Denn die hatte ihm erzählt, dass Jakob von Klavierlingen plötzlich nichts mehr wissen wollte. Nun sollten die Klavierlinge seitlich von den Tasten auf dem Instrument sitzen – gut sichtbar. Ob Jakob sie dann wohl sehen könnte?

Wenn ja, dann würde er ihnen glauben. Wenn nicht, müssten sie neu überlegen. Daniela wollte unbedingt, dass Jakob eingeweiht wurde. Aber warum nur? Herr Richter war selbst bis über beide Ohren verliebt und konnte sich im Moment nicht so recht in die Gefühlswelt anderer Menschen hineinversetzen.

Daniela wollte Crescendo zwar hinterher mit zu sich nach Hause nehmen. Aber die anderen Klavierlinge sollten auf dem Klavier sitzen bleiben. Denn mit Katharina plante Thomas Richter denselben Test. Wenn sie die Klavierlinge sehen könnte, wäre es viel leichter, ihr sein Geheimnis zu erklären. Denn Katharina sollte alles von ihm wissen. Er wollte ihr erzählen, wie ihm die Klavierlinge geholfen hatten, sein Lampenfieber zu überwinden.

»Ist Jakob schon da?«, fragte Daniela, als sie kam. Thomas Richter schüttelte den Kopf.

»Aber abgesagt hat er auch nicht, oder?«, fragte sie und sah ängstlich aus.

»Aber nein, der kommt schon. Ihr habt doch geübt?«

Daniela nickte: »Ja, die Stücke für das Konzert haben wir geübt. Aber ich glaube, er hat keine rechte Lust dazu.«

»Du täuschst dich. Er tut nur so cool. Dabei darf man dann nicht zeigen, wenn man Spaß hat.«

»Wo haben Sie das denn gehört?«, fragte Daniela erstaunt.

»Das hat mir dein Bruder Kaspar erklärt«, lächelte der Lehrer. »Immer, wenn ich ihn lobe, sieht er ganz cool zum Fenster hinaus. Und heimlich freut er sich.«

Typisch Jungs, dachte Daniela. Zu blöd, um sich richtig zu freuen!

Thomas Richter holte die Klavierlinge aus dem Instrument und gab ihnen letzte Anweisungen. »Jakob hat euch schon einmal sehen können und später hat er so getan, als wäre nichts«, erklärte er. »Wir wollen jetzt einen Test machen. Setzt euch einfach hin, dann kann nichts schief gehen.«

»Ist es denn so wichtig, was dieser Junge denkt?«, murmelte Crescendos Vater und sah nicht, wie Daniela verlegen wurde. Für mich schon, schoss es ihr durch den Kopf. Für Daniela offensichtlich schon, dachte auch Crescendo, der sie genau beobachtete.

»Oh, er könnte ein neuer Freund sein«, rief Glissando. »Vielleicht wäre es für mich möglich, bei ihm zu übernachten, so wie Crescendo bei Daniela.«

»Ich nehme euch auch manchmal mit«, verteidigte sich Daniela und Glissando nickte.

»Ja, aber nicht über Nacht. Was macht ihr da eigentlich?«

Eine Antwort blieb Daniela und Crescendo erspart, denn da kam Jakob. Er sah lustlos aus, nickte Daniela kurz zu und packte seine Noten aus. Entweder er ist obermegacool oder er hat wirklich keine Lust, mit mir zu spielen, dachte Daniela und wurde traurig. Dabei fiel ihr zunächst gar nicht auf, dass Jakob nicht auf die Klavierlinge reagierte. Thomas Richter aber beobachtete Jakob, der sich gleich ans Klavier setzte. Nein, der Junge sah die Klavierlinge nicht. Er wollte nicht, also ging es auch nicht. Das erste Mal, da war er vielleicht noch offener gewesen für Neues, für Ungewöhnliches, aber jetzt war er ein Mensch wie alle anderen auch. Kein Kind mehr und kein Künstler – also sah er nichts.

»Ist was?«, fragte Jakob muffig. »Oder können wir endlich anfangen?«

Er kann sie wirklich nicht sehen, dachte jetzt auch Daniela und überlegte, wie sie ihm nachhelfen könnte.

»Schau. Ich lege meinen Bleistift hier neben den Tasten auf der Seite ab. Dann haben wir ihn immer griffbereit.« Daniela legte ihren Bleistift zu den Klavierlingen, die ausweichen mussten, damit der lange Bleistift noch neben die Tasten passte.

»Jaja, schon klar«, brummelte Jakob.

»Hier neben die Tasten«, wiederholte Daniela und deutete darauf. Jakob sah hin, dann auf Daniela. War die jetzt völlig durchgeknallt? Er war doch nicht schwer von Begriff.

»Jaja, neben die Tasten«, sagte er und schlug einen Akkord an. »Können wir jetzt endlich?«

Daniela sah ihren Lehrer an und der zuckte nur die Schultern. Enttäuscht setzte sich Daniela.

»Drei, vier«, zählte Jakob und sie fingen an zu spielen.

»Es ist ihm nicht möglich, uns zu sehen«, murmelte Glissando.

»Bedauerlicherweise wird er nicht unser Freund werden«, fügte Acceleranda hinzu.

»Schielt nicht immer nach den Menschen«, meinte ihr Vater streng. »Freundschaft mit Menschen tut selten gut.«

»Aber Daniela und Kaspar und Timo…«, korrigierte ihn da seine Frau.

»Es gibt Ausnahmen«, sagte der Vater. Für ihn war das Thema damit abgeschlossen.

Für Crescendo aber war es das noch lange nicht. Er ist ihrer nicht wert, dachte er. Er ist ein Tölpel, sie hat etwas Besseres verdient. Mich. Und weil er sich so sehr über Jakob ärgerte, lief er über die Tasten und sprang mit voller Wucht auf einen Finger von Jakob.

»Au«, schrie der und zog die Hand vom Klavier. Daniela sah entsetzt auf Crescendo, auch Thomas Richter schreckte aus seinen Gedanken hoch: »Was ist denn?«

Daniela wusste es genau, aber sie sagte nichts.

»Ich glaube, mich hat was gestochen«, ärgerte sich Jakob. »Weiter. Drei, vier.«

Sie waren keine drei Takte weiter gekommen, da sprang Crescendo Jakob auf die andere Hand.

»Au«, rief der wieder. »Was ist denn das?«

Dieses Mal hatte auch der Musiklehrer aufgepasst. »So geht das nicht!«, rief er und sah Crescendo streng an. Der lief schnell zum anderen Ende der Klaviatur. Daniela versuchte, ihn einzufangen, aber Crescendo war schneller. Jakob sah verständnislos zu, wie Daniela mit der Hand über die Tasten fuhr.

»Was machst du da? Mücken fangen oder was?«

»So ähnlich.«

Von der anderen Seite der Tasten hörte sie den Klavierlingsvater zetern: »Crescendo, dein Benehmen ist eines Klavierlings nicht würdig.«

Thomas Richter und Daniela nickten bestätigend, aber Jakob sah sie nur völlig verwirrt an. »Können wir jetzt?«

Daniela nickte und Jakob zählte wieder.

Kaum hatten sie angefangen zu spielen, lief Crescendo wie der Wind über die Tasten. Daniela fing ihn ein, als er gerade an ihren Händen vorbeiwischte und Jakob angreifen wollte. »Hab ich dich!«, rief sie.

Jakob brach ab. »Du musst hier nicht Mücken fangen, bloß weil mich eine gestochen hat.«

Daniela zuckte zusammen, so gereizt hatte

Jakob das gesagt. Vor lauter Schreck ließ sie Crescendo los. Und der plumpste auf die Tasten. Aber Crescendo spürte keinen Schmerz vor lauter Wut. Er lief zu Jakobs Hand und biss kräftig hinein. Jakob schrie, zog die Hand zurück und sprang auf.

»Herr Richter, was ist denn da los?«

Thomas Richter beschloss, der Sache ein Ende zu machen: »Es ist vielleicht besser, ihr übt noch einmal miteinander, und wir spielen die Stücke nächste Woche. Irgendwie funktioniert das heute nicht.« Zugleich versuchte er unauffällig, Crescendo einzufangen und ihn in seiner Hand zu halten.

Jakob klappte sofort das Heft zu. »Mir recht«, knurrte er. Irgendwas war ihm hier nicht geheuer. Die haben doch alle beide einen an der Klatsche, dachte er für sich.

Thomas Richter zog einen Geldschein aus der Tasche. »Diese Stunde kostet natürlich nichts. Und dafür könnt ihr miteinander ins Café gehen.«

Daniela hätte den Musiker umarmen können. Was für eine gute Idee! Ins Café gehen mit Jakob war noch besser, als mit ihm Klavier zu spielen. Da mussten sie beide nicht dauernd in die Noten schauen, sondern sie konnte Jakob tief in die Augen sehen. Dann würde er doch etwas merken! Unterdessen tobte Crescendo in der Hand seines Meisters. Sein Vater hielt ihm eine lange Gardinenpredigt, aber Crescendo verstand kein Wort. Er wollte Daniela begleiten. Sie konnte ihn doch nicht einfach hier lassen und mit diesem Holzkopf ausgehen!

Doch genau das machte Daniela. Sie würdigte Crescendo keines Blickes, packte ihre Sachen ein und sagte zu Jakob: »Au ja, lass uns ins Café gehen!«

Das hat mir grade noch gefehlt, dachte Jakob. Wenn das einer aus meiner Klasse sieht, dass ich mit einem Mädchen… Aber er sagte nichts – bis sie vor der Tür von Herrn Richters Haus standen.

»Geh allein«, sagte er dann zu Daniela, die ihn völlig verdattert anstarrte. »Ich hab keine Lust.«

Daniela nahm ihren ganzen Mut zusammen: »Jetzt stell dich nicht so an. Auf eine Cola.«

Jakob dachte kurz nach, dann nickte er. Daniela hatte den Eindruck, wenigstens einen kleinen Sieg errungen zu haben.

Nicht alle waren so glücklich wie Daniela. Crescendo saß in Tränen aufgelöst auf dem Klavier. »Sie hat mich nicht mitgenommen«, schrie er ein ums andere Mal.

Und während Thomas Richter sein Wohnzimmer aufräumte und schon mal Tee aufsetzte, weil ja bald Katharina Melzer kam, saßen Crescendos Eltern und Geschwister ratlos um den weinenden Klavierling herum.

»Mein Sohn, ein ernstes Wort ist angebracht«, sagte endlich sein Vater. »Herr Musikus, würden Sie bitte meinen Sohn und mich an einen Ort bringen, wo wir uns in Ruhe unterhalten können?«

Der Pianist, der gerade einen Notenständer aufbaute, dachte nach: »Wohin nur?«

»Zu Füßen Euerer Bach-Büste«, schlug der Vater vor. »Damit mein Sohn lernt, sich wieder auf die Tradition zu besinnen.«

Thomas Richter nickte. Er streichelte dem aufgelösten Crescendo noch einmal übers Haar, dann setzte er ihn und seinen Vater zum großen Johann Sebastian Bach aus Gips.

Da klingelte es auch schon. Thomas Richter fuhr sich noch einmal nervös durch die Frisur, rückte seinen Hemdkragen zurecht, dann eilte er zur Tür. Katharina Melzer lächelte ihn herzlich an, als sie hereinkam.

»Du hast ja schon alles vorbereitet«, sagte sie und packte sofort ihr Cello aus. Während sie ihr Instrument stimmte, begann Crescendos Vater mit seiner strengen Ansprache an den ungehorsamen Sohn: »Es gibt Dinge, mein Lieber, die sind nicht in unserem Sinne. Ich sehe sehr wohl, was du für dieses Mädchen empfindest, aber es ist unmöglich. Sie wird dich nie erhören.«

»Sie muss.« – »Oh nein«, widersprach der Vater. »Gefühle kann man nicht erzwingen. Und Beziehungen zwischen Menschen und Klavierlingen stehen unter keinem guten Stern. Zu unterschiedlich die Lebensweise, die Tradition, die Größe.«

»Aber ich kann nicht ohne sie leben!«

Katharina kann die Klavierlinge nicht sehen, dachte Thomas Richter enttäuscht. Denn sonst müsste sie die Mutter, Glissando und Acceleranda bemerken, die immer noch am Rand der Tasten saßen. Sie guckte doch ständig in diese Richtung. Und sie müsste vor allem hören, wie Crescendos Vater diesem eine Standpauke hielt. Fast wünschte er, Katharina wäre noch nicht so früh gekommen, denn er hatte das Gefühl, Crescendo hätte jetzt seine Hilfe nötig.

»Eine deiner Großtanten hatte sich in einen Künstler verliebt«, erzählte unterdessen der Klavierlingsvater. »Doch sie wurde sehr unglücklich. Sie verließ ihre Familie, um nur noch für ihn und in seinem Instrumente zu leben. Dort jedoch war sie furchtbar einsam. Denn der Künstler heiratete bald und kümmerte sich wenig um deine Großtante. Gut, er ernährte sie. Aber wir alle wissen, dass ein Klavierling mehr braucht, um wirklich glücklich zu sein.«

Unterdessen spielten Thomas Richter und Katharina Melzer den ersten Satz einer Sonate. Schnell sprang ihr Bogen im Allegro über die Saiten, flink liefen seine Finger über die Tasten. Manchmal sahen sie sich an, nickten sich zu, um zusammen einzusetzen. Thomas Richter war sehr, sehr glücklich. Die Klavierlinge hatte er völlig vergessen.

»Ich will nur dein Bestes«, schloss Crescendos Vater. »Ich bitte dich, deine Gefühle zu bändigen. Ich möchte nicht, dass du unglücklich wirst. Sie wird dich nie erhören. Du bist zu klein.«

Crescendo sagte nichts mehr.

Da brach Katharina ab und sah irritiert auf

Thomas: »Ich glaube, ich höre Stimmen«, sagte sie. »Es hörte sich so an, wie wenn mein Vater mir früher eine Gardinenpredigt gehalten hat.«

Thomas Richter machte große Augen, dann strahlte er übers ganze Gesicht. Konnte es sein, dass Katharina durch ihr gemeinsames Musizieren… dass sie die Klavierlinge hören und vielleicht sogar sehen… Da schrie Katharina laut auf. Mit ihrem Bogen zeigte sie auf die Klaviatur. »Jetzt sehe ich auch noch kleine Männchen! Hilfe!«

Thomas stand auf und legte ihr behutsam die Hand auf den Arm. »Beruhige dich. Ich kann dir alles erklären.«

Katharina und Thomas kamen an diesem Nachmittag nicht mehr zum Proben. Denn bis der Pianist die ganze Geschichte erzählt hatte, wie er zu den Klavierlingen gekommen war – das dauerte. Katharina konnte es kaum glauben, aber schließlich hatte sie die kleinen Männchen mit ihren eigenen Augen gesehen. Thomas stellte ihr die Familie vor und demonstrierte ihr, wie sehr ihm die Klavierlinge halfen, wenn ihn die Nervosität gar zu sehr plagte. Jetzt kennt sie mein Geheimnis, dachte er. Das ist doch schon mal ein guter Anfang…

Wer erwachsen werden will, muss wachsen

Trotz allem eigenen Glück und bei aller Träumerei: Natürlich wollte sich Thomas Richter um Crescendo kümmern. Ein ernstes Gespräch war angesagt. Und einfühlsam. Denn dies schien Crescendos Vater etwas zu vernachlässigen.

Thomas Richter hob den Klavierdeckel und guckte hinein. Die Familie saß zusammen, aber Crescendo fehlte.

»Er verbirgt sich vor uns, sitzt in der hintersten Ecke«, sagte die Mutter und sah sehr bekümmert aus.

Der Pianist nickte. »Vielleicht braucht er wirklich ein bisschen Zeit für sich«, sagte er leise.

Und dann fügte er etwas lauter hinzu: »Crescendo, ich wollte mit dir reden. Wenn du irgendwann Lust hast, dann klopfe einfach. Und wenn du mal für dich sein willst… Ich kann dich auch woanders hinsetzen.«

Das hörte nun der Vater nicht gern. Er runzelte die Stirn. Aber das sah Thomas Richter nicht, denn in Klavieren ist es dunkel und außerdem: Wie soll man bei einem so kleinen Männchen sehen, ob es die Stirn in Falten legt?

Der Musiklehrer setzte sich ans Klavier. Er spielte die Träumerei von Schumann, dann einige Stücke von Chopin. Er wusste, die Klavierlinge würden lieber Bach hören. Aber darauf konnte er keine Rücksicht nehmen. Ihm war heute ausgesprochen romantisch zumute.

Crescendo saß tatsächlich im hintersten Winkel des Klaviers und lauschte der Musik. Das klang schön. Nicht wie Bach, irgendwie anders. Moderner. Nicht ganz modern, aber so romantisch. Nach Liebeskummer und nach viel Gefühl. Nach Tränen, dazwischen etwas Heiterkeit, dann wieder Träumen und Verlorensein. Ach, genau so war ihm ums Herz.

Jetzt wusste er es: Er war zu klein für Daniela. Nie würde sie ihn beachten. Naja, das vielleicht schon, aber nicht ernst nehmen! Und nicht so ansehen wie diesen Jakob. Er, Crescendo, würde sie auf Händen tragen, wenn er das könnte. Aber dazu müsste er größer werden. Wachsen, so wie die Menschen das taten. Aber wie wächst man? Kann ein Klavierling überhaupt wachsen? Er wollte nicht seine Eltern fragen, sie würden es ihm verbieten. Aber er konnte es sich vornehmen: Ab jetzt wollte er wachsen. Jeden Tag ein bisschen. Und wenn er dann größer wäre, würde ihn Daniela bemerken und er könnte ihr seine Zuneigung noch mal gestehen. Dann müsste sie sich auch nicht mehr schämen, so einen kleinen Freund zu haben. Vielleicht würden ihn dann sogar alle sehen, wenn er nicht mehr so klein wäre.

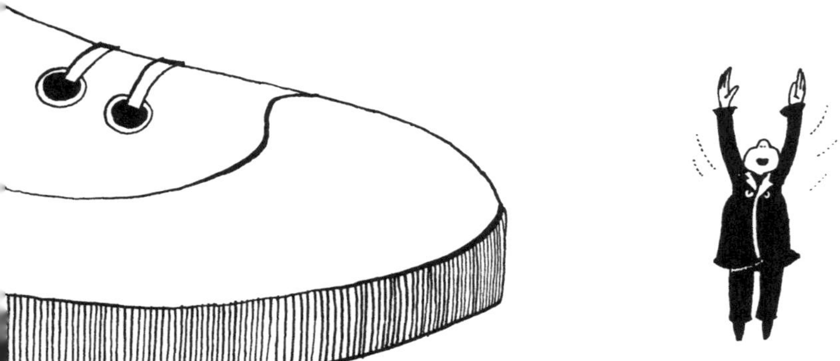

Daniela hatte diese Sorgen nicht. Sie musste nicht wachsen. Und sie war auch nicht unglücklich. Schließlich war Jakob mit ihr ins Café gegangen. Gut, er hatte sein Glas sehr schnell ausgetrunken, dann mit dem Geld von Herrn Richter bezahlt und sich verabschiedet. Aber immerhin, sie hatten miteinander geredet und einen neuen Termin zum Proben vereinbart.

Jetzt schlenderte sie gerade über den Schulhof. Sie wollte nicht bei ihren Freundinnen stehen für den Fall, dass Jakob ihr etwas Wichtiges sagen wollte. Dann sollte er sie alleine antreffen und nicht erst in die Mädchenecke gehen müssen. Seit Tagen verbrachte sie ihre Pausen so. Sie ging scheinbar in Gedanken ver-sunken über den Hof, guckte hierhin, guckte dorthin, knabberte an ihrem Apfel und ließ sich nicht anmerken, wie sehr sie auf Jakob hoffte.

Heute kam Jakob. Er wartete ab, bis es zum Pausenende läutete und fast alle Kinder wieder im Schulgebäude verschwunden waren.

Dann lief er auf sie zu. »Da, die Noten. Die soll ich dir noch von Herrn Richter geben.« Fast wäre er schon wieder weggerannt.

Doch das ließ Daniela nicht zu. »Wann üben wir?«

Jakob hielt kurz inne. »Morgen?«, fragte er, und Daniela nickte und strahlte.

»Morgen um zwei«, beschloss Jakob. »Dein Bruder hat gesagt, er geht um drei zum Fußballtraining – und da möchte ich gerne mit.« Dann lief er weg.

Daniela stand da wie vom Donner gerührt. War sie nur ein Termin vor dem Fußball? Fand Jakob wirklich ihren kleinen, doofen Bruder Kaspar netter als sie? Das konnte wohl nicht wahr sein! Enttäuscht ging sie zurück ins Schulhaus und in ihre Klasse. Fast wäre sie zu spät zur nächsten Stunde gekommen.

Liebeskummer und Fußballfieber

Thomas Richter machte sich Sorgen. Nicht um Katharina Melzer, da stand alles bestens. Sie kam jeden zweiten Tag zur Probe, sie redeten über Musik und über die Klavierlinge, sie tranken Tee, manchmal gingen sie sogar nachher noch aus. Vielleicht mag sie mich wirklich, dachte der Pianist.

Sorgen machte er sich um Crescendo. Accelerenda hatte ihm anvertraut, dass sich Crescendo nicht mehr beteiligte, wenn sie im Klavier Fehler verhinderten. Er saß in einer Ecke und starrte vor sich hin. Thomas Richter konnte sich denken, was mit Crescendo los war. Aber der Klavierling wollte einfach nicht mit ihm sprechen.

Deswegen redete Thomas mit Katharina. Die sah ihn besorgt an, als er ihr die ganze Geschichte erzählt hatte. »Du kannst Daniela nicht zwingen, sich um den Klavierling zu kümmern. Für sie sind andere Dinge jetzt wichtiger.«

»Aber er wäre so froh, wenn sie nur einmal kommen und ihn holen würde«, wandte Thomas Richter ein.

»Ich bin gar nicht sicher, ob das gut ist.« Katharina hatte ihre Zweifel. »Er würde sich bloß Hoffnungen machen, dass sie ihn doch so sehr mag wie er sie.«

»Was dann?«, fragte Thomas ratlos.

»Da gibt es doch noch die beiden Jungs«, schlug Katharina vor. »Die könnten Crescendo holen. Er braucht Freunde und Ablenkung. Dafür sind Jungens jetzt besser.«

Der Musiker strahlte: »Auf die Idee wäre ich nie gekommen.«

»Warst du denn nie unglücklich verliebt?«

Thomas lächelte sie an. »Ich habe dann immer Klavier gespielt.«

»Es spricht nicht für dein privates Glück, dass du ein so hervorragender Pianist bist«, sagte Katharina und lachte. »Du warst anscheinend oft unglücklich und hast viel geübt.«

»Dafür bin ich jetzt umso glücklicher«, strahlte Thomas. »Weißt du eigentlich, wie froh ich bin, dass ich dir das alles erzählen kann? Von den Klavierlingen und so. Das würde mir doch sonst niemand glauben.«

Katharina lächelte. »Ruf jetzt die Kinder an.«

Kaspar war überrascht, als sein Klavierlehrer anrief und mit ihm sprechen wollte. Normalerweise verlangte er immer Daniela, wenn es um Crescendo ging. Natürlich erzählte Thomas Richter ihm nicht alles.

»Crescendo braucht Abwechslung«, sagte Herr Richter. »Offenbar hat Daniela nicht genug Zeit für ihn und das macht ihn traurig. Könntest du… oder könnte Timo?«

»Alle Zwerge oder nur der eine?«, fragte Kaspar, ganz praktisch, zurück.

»Ich glaube, die anderen vermissen das Leben außerhalb des Klaviers nicht so«, meinte Herr Richter. »Es geht vor allem um Crescendo.«

Kaspar war stolz. Jetzt war einmal *er* wichtig, nicht mehr Daniela. Jetzt konnte er zeigen, dass er ein guter Freund war.

»Ich hole ihn morgen ab, bevor ich zum Training gehe«, sagte Kaspar. »Fußball mag er ja sehr gern.«

»Vielen Dank, Kaspar«, antwortete Herr Richter, und seine Erleichterung war ihm anzuhören. »Du bist echt ein guter Kumpel.«

Kaspar war stolz. Wer ist schon der Kumpel seines Klavierlehrers?

Der Nachmittag des nächsten Tages wurde für alle Beteiligten dann doch sehr kompliziert. Jakob kam fast eine halbe Stunde zu spät zum Üben. Daniela war abwechselnd stinksauer und bodenlos enttäuscht. Kaum hatten sie sich ans Klavier gesetzt, kam Kaspar und verkündete, er würde jetzt zum Training fahren. Jakob sprang sofort auf und wollte mitfahren.

Aber Kaspar sah den drei Jahre älteren Jakob cool an: »Besser ein andermal«, sagte er. »Heute geht das nicht.« Mehr erklärte er nicht.

Jakob sank frustriert zurück auf seinen Klavierhocker. Aber Daniela war überglücklich. Kaspar ist wirklich ein lieber Bruder, dachte sie und überlegte, wie sie ihm eine Freude machen könnte. Ein neuer Fußball? Zu teuer. Vielleicht ein Poster vom FC Bayern. Schließlich änderten die ständig die Mannschaft, da musste man jede Saison auf dem neuesten Stand sein. Aber warum hatte Kaspar das getan?

Kaspar hatte nicht bemerkt, wie dankbar ihm seine Schwester war. Er hatte dabei mehr an sich gedacht. Daniela hatte erzählt, dass Jakob die Klavierlinge nicht sehen konnte. Und den Stress wollte Kaspar sich nicht antun. Fußball spielen, sich um Crescendo kümmern und dann noch der Typ, der sich andauernd an ihn und Timo hängte, weil er offenbar nicht Klavier üben wollte. Das war zu viel. Wenn Crescendo traurig war, würde er auch mit ihm reden müssen. Da störte dieser Jakob nur.

Crescendo war überrascht, dass Kaspar vorbeikam, um ihn abzuholen. Er hatte gehofft, es sei Daniela. Die war schließlich seit fast einer Woche nicht mehr aufgetaucht. Doch morgen war Donnerstag, da musste sie ohnehin kommen. Aber was, wenn sie ihn wieder nicht mitnahm, sondern lieber mit diesem Jakob ins Café ging? Crescendo war sicher, dass er das nicht ertragen könnte.

Dennoch war er glücklich. Er hatte einen Freund, der an ihn dachte. Wenigstens Kaspar und Timo hatten ihn nicht vergessen. Kaspar setzte ihn auf seine Mütze und stieg dann aufs Rad.

»Halt dich gut fest«, sagte er. »Das ist der Test fürs Fußballspiel. Ich habe einiges mit dir vor.«

Crescendo bestand den Test. Natürlich war die Fahrt durch die Stadt spannend und aufregend. Bei Gegenwind klammerte er sich an den Rand der Mütze. So muss es sich anfühlen, wenn ich mal Motorrad fahren darf, dachte sich Kaspar, als er Crescendo kreischen hörte. Noch neun Jahre! Mann, dauert das lange, bis man erwachsen ist.

Timo war schon umgezogen, als Kaspar beim Spielfeld ankam. Kaspar blinzelte ihm zu und flüsterte ihm ins Ohr.

»Wenn du einen guten Witz weißt, der Zwerg ist irgendwie schlecht drauf.«

Timo versuchte sein Bestes: »Läuft ein Elefant durch eine Ameisenstraße. Die Ameisen wollen nicht totgetrampelt werden, deshalb wehren sie sich und klettern an dem Elefanten hoch. Der schüttelt sie nur ab. Aber einer, der kommt bis an den Hals. Da schreien die anderen: Würg ihn, Egon.«

Timo schaute Crescendo erwartungsvoll an, aber der schüttelte nur den Kopf. »Was ist das für eine Geschichte?«

»Also«, erklärte Timo – denn er wusste nicht, dass es für Witze tödlich ist, wenn man sie erklärt. »Die Ameisen sind ganz klein und der

Elefant ist riesengroß. Sie können ihn gar nicht würgen.«

Crescendo dachte kurz nach und seine Miene verdüsterte sich: »Willst du damit sagen, dass es schlecht ist, wenn man klein ist?«

Timo merkte, dass er einen Fehler gemacht hatte, nicht zuletzt, weil ihm Kaspar auf den Fuß trat. »Nee, war doch ’n Witz.«

»Was ist ein Witz?«, fragte Crescendo. Doch da pfiff der Trainer und Kaspar stieß einen Seufzer der Erleichterung aus.

»Pass auf, Crescendo. Wir machen jetzt Warmlaufen. Halte dich an meiner Mütze fest. Es schaukelt ein bisschen. Denk dir einfach, ich bin ein Kamel.«

Crescendo wusste auch nicht, was ein Kamel war, doch er hielt sich gut fest. Kaspar aber sah Timo wütend an: »Mann, das war ja wohl das Letzte! Der Kerl ist schlecht drauf, und du machst einen blöden Witz.«

Timo war getroffen. »Ich mach's wieder gut«, sagte er. »Bestimmt.«

Crescendo aber grübelte. Was hatte Timo da erzählt? Dass es »doof« war, wenn man klein war? Höchste Zeit, dass er anfing zu wachsen!

Bei Langdorfs zu Hause war unterdessen Problemforschung angesagt. Kaum hatte Kaspar das Haus verlassen, war Jakob gegangen.

»Morgen bei Richter«, hatte er noch gesagt – und dann war er weg. Dieses Mal konnte Daniela ihre Enttäuschung nicht mehr verbergen. Sie saß am Klavier und schlug gelegentlich traurig eine Taste an.

Natürlich hatte ihre Mutter etwas bemerkt. Erst hörte sie vom Flur aus das vierhändige Spiel, dann registrierte sie, wie Jakob wieder ging. Behutsam betrat Frau Langdorf das Wohnzimmer. Sie setzte sich neben Daniela auf den freien Klavierhocker, auf dem bis vor kurzem Jakob gesessen hatte. Sie fragte nicht lange, was los sei. Sie wusste ohnehin, sie würde keine vernünftige Antwort bekommen. Warum sollte Daniela zugeben, dass sie unglücklich verliebt war? Das sagt doch niemand gern.

»Er ist noch zu jung«, meinte Frau Langdorf.

»Er ist ein Jahr älter als ich«, widersprach Daniela.

»Aber er kapiert nichts«, fing Frau Langdorf wieder an und schlug nun auch einzelne Töne an wie Daniela.

»Sind Jungs langsamer?«, fragte Daniela.

»Der auf alle Fälle«, seufzte Frau Langdorf. Dann sah sie Daniela unverwandt an: »Er ist kein guter Freund.«

»Woher willst du das wissen?« Daniela war nun doch etwas sauer.

»Lass dich nie schlecht behandeln«, sagte Frau Langdorf. »Und behandle selber auch nie deine Freunde schlecht.« Seltsam, gerade jetzt musste Daniela an Crescendo denken…

Der hatte im Moment ganz andere Probleme. Er kam gar nicht dazu, wegen Daniela unglücklich zu sein. Kaspar hatte ihn abgesetzt, schließlich konnte der Klavierling nicht das ganze Fußballspiel hindurch auf der Mütze bleiben. Was war, wenn Kaspar gefoult wurde? Dann würde Crescendo ins Gras purzeln. Und wenn gerade dann ein anderer Kicker vorbeikäme – nicht auszudenken, was da passieren könnte. Kaspar war den Torpfosten hochgeklettert und hatte Crescendo oben auf die Latte gesetzt.

»So hoch schießen wir fast nie«, sagte er. »Und wenn: Festhalten und Kopf einziehen.«

Das musste Crescendo tatsächlich einige Male machen. Der Ball pfiff ihm nur so um die Ohren. Einmal wurde er allein vom Wind, den der Ball mit sich brachte, umgepustet und hielt sich an den Maschen des Netzes fest. Timo sah sofort, was los war. Er lief hin, kletterte die Seitenstange hoch, nahm Crescendo und setzte ihn wieder auf die Latte.

»Timo, tickst du noch richtig?«, rief der Trainer, aber das war Timo egal. Was konnte er dafür, dass der Trainer seinen Freund Crescendo nicht sah? Und der war schließlich in Not gewesen. Behutsam streichelte Timo Crescendo über den Kopf.

»Bin ich jetzt wie die Ameise auf dem Elefanten?«, fragte Crescendo.

»Nein, du bist Tarzan im Dschungel«, sagte Timo. Crescendo wusste nicht, was er damit meinte. Er hatte keine Ahnung, wer Tarzan war. Aber er war sicher, dass das ein Kompliment war.

Ein schwerer Fall von Eifersucht

Natürlich wollte Crescendo nach diesem tollen Fußballspiel nicht nach Hause zu seinen Eltern ins Klavier. Er wollte den Rest des Tages mit seinen Freunden verbringen, und Timo und Kaspar taten ihm den Gefallen. Sie gingen mit ihm Eis essen. Crescendo saß auf dem Rand der Tüte, senkte immer wieder seinen Zeigefinger in die Riesenkugel und leckte ihn ab.

»Vorzüglich«, rief er. »Nie habe ich die Speise der Menschen gekostet! Aber sie ist phänomenal! Fast zu vergleichen mit einer wundervollen Melodie.«

»Die Melodie heißt Schokoladeneis«, grinste Timo und stieß Kaspar in die Seite.

»Glaub bloß mal nicht, dass alles so gut schmeckt«, meinte Kaspar.

Und dann übertrafen Timo und er sich darin, alles aufzuzählen, was sie nicht gerne aßen: Rosenkohl und Spinat und Blumenkohlsuppe und Salat und… Dann gingen sie zu dem über, was sie gerne mochten: Schokolade und Eis und Pommes und Burger und…

»Was ungesund ist, schmeckt gut«, fasste Timo seine Kenntnisse von Ernährung zusammen.

»Was die Erwachsenen uns verbieten, aber selber gerne essen, das ist okay«, fügte Kaspar hinzu.

Crescendo überlegte. »Verbieten euch die Eltern denn, von dieser köstlichen Speise zu nehmen?«

Timo nickte. »Manchmal. Ab der fünften Eiskugel sagen sie: ›Nun ist es aber genug. Sonst kriegst du noch Bauchweh.‹«

Eigentlich hätte sich Crescendo Sorgen machen müssen, ob vielleicht auch er jetzt Bauchweh kriegen könnte, wo er doch zum ersten Mal in seinem Leben etwas anderes als

Töne gegessen hatte. Aber ihn beschäftigte etwas ganz anderes: »Gehorcht ihr euren Eltern immer?«

Timo und Kaspar sahen sich an und grinsten.

»Nicht immer«, meinte Timo.

»Eher immer seltener«, ergänzte Kaspar.

»Was passiert dann?«

»Wenn sie's rauskriegen, gibt's Strafe«, sagte Timo. »Zum Beispiel Hausarrest.«

»Oh, das kommt mir bekannt vor. Das ist wohl der Zustand, in dem ich mich dauernd im Klavier befinde«, meinte Crescendo.

»Oder sie geben einem was zu tun, wie Wäscheaufhängen oder ähnlichen Weiberkram«, knurrte Kaspar.

»Warum ist Wäscheaufhängen Weiberkram, und was will das Wort Weiberkram überhaupt besagen?«

Kaspar fühlte sich ganz groß beim Erklären: »Weiberkram ist das, was die Frauen machen.«

»Oh«, sagte Crescendo, »ich verstehe. Frauen hängen gerne Wäsche auf.«

Timo und Kaspar prusteten los: »Quatsch. Niemand macht gern Hausarbeit. Meine Mama nicht und mein Papa auch nicht. Wenn ich sage: Das ist Weiberkram, ist das bloß eine Ausrede, damit ich es nicht machen muss. Das sieht dann so aus, als ob das Danielas Job wäre.«

Crescendo holte sich noch einmal mit seinem Zeigefinger eine kleine Portion Schokoladeneis, bevor Kaspar ihn zurück auf seine Schulter setzte und anfing, das Hörnchen anzubeißen.

»Jetzt verstehe ich es«, sagte Crescendo. »Wäsche aufhängen ist nicht nur den Damen vorbehalten. Denn sonst würden sie dich damit nicht behelligen. Niemand macht das gerne.«

»Capito, Kumpel«, nickte Kaspar. Das war zurzeit sein neuester Spruch.

Kaspar brachte es nicht übers Herz, Crescendo zurück zu Herrn Richter zu bringen, so sehr bettelte der Klavierling, bei ihm übernachten zu dürfen.

»Breitgeschlagen«, sagte Timo, als Kaspar endlich zustimmte. Kaspar rief bei Herrn Richter an, der Crescendos Eltern Bescheid sagen sollte. Thomas Richter war erleichtert und besorgt zugleich. Zum einen fand er es gut, dass Kaspar sich um Crescendo kümmerte und ihn ablenkte. Zum anderen aber befürchtete er, dass der Klavierlingsvater böse würde, wenn sein Sohn schon wieder nicht nach Hause kam. Aber er täuschte sich.

»Im Vertrauen, edler Meister«, flüsterte Crescendos Vater, »es erfreut mich, wenn Kaspar die Lebensgeister meines Sohnes wieder aufmuntert. Oft bin ich völlig ratlos, wenn ich ihn still in seiner Ecke sitzen sehe.«

So waren alle zufrieden, vor allem Crescendo.

Waren wirklich alle zufrieden? Nein! Daniela war stinksauer, als sie zum Abendessen in die Küche kam und Kaspar schon am Tisch saß, auf seiner Schulter Crescendo. Er wirkte vergnügter als in der letzten Zeit. Herr und Frau Langdorf unterhielten sich über die Aufteilung der Hausarbeit in den nächsten Tagen und beachteten nicht, wie Kaspar und Daniela sich gegenseitig Grimassen schnitten. Crescendo konnten sie ja ohnehin nicht sehen.

Ätsch, drückte Kaspars Gesicht aus. Der Kleine mag mich genauso gern wie dich.

Nun, meine Freundin, das kommt davon, wenn man seinen besten Freund und Verehrer vernachlässigt, sagte Crescendos Gesicht, das ein klein bisschen hochmütig wirkte. Daniela streckte beiden die Zunge raus. Das sollte wohl heißen: Ihr könnt mich mal.

Während des Essens überlegte Daniela, wie sie sich nun verhalten sollte. Crescendo anbieten, bei ihr zu übernachten? Aber was sollte sie tun, wenn er Nein sagte? Kaspar vorwerfen, dass er sich an ihre Freunde heranmachte? Aber hatte sie sich nicht zu wenig um den Kleinen gekümmert? Sie beschloss so zu tun, als ob gar nichts wäre. Rein überhaupt gar nichts. Auf der anderen Seite des Tisches saß einfach Luft. Kaspar-Luft und Crescendo-Luft. Kaum war das Essen vorbei, stand Daniela auf und wollte sich ins Wohnzimmer verdrücken.

»He, du hilfst noch beim Abräumen«, rief Herr Langdorf.

»Weiberkram«, kicherte Crescendo auf Kaspars Schulter, und der lachte schadenfroh über Crescendos – wie er fand – gelungenen Beitrag.

»Ihr seid so gemein!«, schrie Daniela Crescendo und Kaspar an und stampfte mit dem Fuß.

»Meinst du vielleicht uns?«, fragte Frau Langdorf empört.

»Nein, die da!«, rief Daniela und deutete auf Kaspar und Crescendo.

»Siehst du deinen Bruder schon doppelt?«, fragte Herr Langdorf erstaunt. Kaspar und Crescendo mussten lachen, aber Daniela wurde nur noch wütender. Sie pfefferte die Teller in die Spülmaschine und lief zur Tür.

Ihre Mutter hielt sie noch kurz auf. »Was ist denn los, Daniela?«

»Ihr kapiert aber auch gar nichts!«, rief die, lief nach oben in ihr Zimmer und knallte die Tür zu.

Kaspar spielte Crescendo noch ein bisschen auf dem Klavier vor. Zwar wunderten sich seine Eltern, dass er freiwillig übte, aber dann fragten sie doch nichts.

»Seien wir froh«, meinte Herr Langdorf. »Bringen wir ihn nicht noch auf dumme Gedanken, indem wir Genaueres wissen wollen.«

»Er spielt wunderbar heute, fast fehlerfrei und so gefühlvoll«, murmelte Frau Langdorf.

»Das war bei Daniela auch so«, erklärte ihr Mann. »Ganz plötzlich wurde das Klavierspiel so… so…« – er suchte nach dem richtigen Wort, »… so beseelt.«

Die armen Eltern! Sie konnten ja nicht ahnen, dass da einer im Klavier saß, der alle Fehler schluckte.

»Das muss reichen«, flüsterte Kaspar nach einer knappen halben Stunde und holte Crescendo aus dem Klavier. »Dafür gibt es aber kein Gutenachtlied. Das ist mir zu doof.«

»Daniela singt mir immer vor«, klagte Crescendo.

»Aber du bist heute nicht bei Daniela, sondern bei mir«, sagte Kaspar, setzte Crescendo auf seine Schulter und ging mit ihm in sein Zimmer.

Weder Kaspar noch Crescendo hatten Lust, bei Daniela das kleine Bett für den Klavierling zu holen, in dem er normalerweise schlief. Daniela war bestimmt noch wütend. Und so lag Crescendo auf einem mehrmals gefalteten kleinen Handtuch und wurde mit einem Taschentuch zugedeckt.

»Gute Nacht«, murmelte Kaspar und drehte sich in seinem Bett um.

»Gute Nacht«, flüsterte Crescendo. Einige Zeit war es still. »Du Kaspar«, fing Crescendo wieder an.

»Hm?«

»Das war ein wunder-wunder-wunderschöner Tag«, sagte Crescendo. »Du bist ein wirklicher Freund.«

»Hm.«

Wieder war es einige Zeit still, dann fragte Crescendo: »Ob Daniela sehr böse auf mich ist?«

Aber das hörte Kaspar nicht mehr.

Daniela konnte nicht schlafen. Sie war nicht richtig böse auf Crescendo, aber irgendwie sauer. Sie hatte das Gefühl, Kaspar habe ihr ihren besten Freund weggeschnappt. Das war unfair. Crescendo gehörte doch zu ihr. Ob sie sich vielleicht zu wenig um ihn gekümmert hatte?

Am nächsten Morgen tat Daniela so, als ob sie Crescendo nicht sehen könnte. Das war nicht böse gemeint, aber sie wusste einfach nicht, wie sie sich verhalten sollte. Sie ging Kaspar aus dem Weg, und wenn sie ihn doch sehen musste, wie etwa beim Frühstück, guckte sie betont in eine andere Richtung. Herr und Frau Langdorf merkten nichts. Morgens waren sie immer sehr hektisch. Erst die Kinder aus dem Haus, dann selbst zur Arbeit – da ging es drunter und drüber. Verschlafen waren sie auch noch. Beide waren Morgenmuffel.

Kaspar machte dann einen kleinen Umweg, um Crescendo bei Herrn Richter abzuliefern. Vor dessen Haustüre bedankte sich Crescendo noch einmal: »Es war wunder-wunder…«

»Machen wir mal wieder«, sagte Kaspar und wollte klingeln.

Aber Crescendo zupfte ihn am Ohr: »Ich habe noch eine Frage.«

Eigentlich hatte Kaspar es eilig, zur Schule zu gehen, aber Crescendo klang sehr dringend.

»Spuck's aus«, murmelte Kaspar.

»Hast du eine Freundin?«, fragte Crescendo.

Kaspar sah ihn völlig verständnislos an. »Hä? Mädchen? Nö.«

»Aber du warst doch bestimmt schon einmal verliebt.«

Kaspar überlegte kurz. Was wollte der Zwerg? Er sah ihn etwas genauer an. War der vielleicht verliebt?

»Sag mal, hast du vielleicht eine kleine Klavierlingsfreundin?«, fragte Kaspar neugierig.

»Aber nein«, beeilte sich Crescendo zu sagen und war froh, dass Kaspar nicht den wahren Grund seiner Frage erraten hatte. »Es ist sehr schwierig als Klavierling, eine Frau zu finden. Schließlich müsste man in vielen Instrumenten nachsehen, ob noch irgendwo eine Familie sitzt.«

»Stimmt«, brummelte Kaspar, »die laufen ja nicht einfach auf der Straße rum.«

Crescendo sagte nichts mehr, um Kaspar nicht auf die Idee zu bringen, dass er vielleicht in jemand anderen verliebt sein könnte.

Aber Kaspar ließ der Gedanke nicht mehr los. »Sag mal, willst du eine Freundin? Sollen wir suchen, Timo und ich? Einfach in alle Klaviere gucken, die irgendwo rumstehen?«

»Nein, nein«, wiegelte Crescendo ab. »Ich habe mein Leben der Kunst und der Einsamkeit geweiht – so wie der Meister Richter.«

Kaspar grinste: »Na wenn du dich da mal nicht täuschst«, meinte er. »Der kriegt in letzter Zeit reichlich oft Besuch von dieser Cellistin.«

»Oh, dies ist eine musikalische Freundschaft«, widersprach Crescendo.

»Wer's glaubt, wird selig«, sagte Kaspar.

Neue Töne für Jakob

Thomas Richter war natürlich aufgefallen, dass das Zusammenspiel von Daniela und Jakob nicht ganz so klappte, wie er sich das vorgestellt hatte. Deshalb beschloss er, in der nächsten Unterrichtsstunde die Klavierlinge einzusetzen. Wenn sie die Fehler verhinderten, würde es besser klingen – und vielleicht hatte Jakob auch mehr Spaß an der Sache.

Sonst hatte der Pianist zurzeit keine Probleme. Mit Katharina probte er regelmäßig, sie besuchten gemeinsam Konzerte, erzählten sich viel aus ihrem Leben. Und Crescendo ging es seit dem Nachmittag mit Kaspar und Timo offensichtlich auch besser. Manchmal dachte Thomas Richter noch an den Komponisten, den Katharina kannte und von dem sie unbedingt ein Stück aufführen wollte. Wie der wohl aussah? Ob sie in ihn verliebt war? Mir geht es nicht besser als Crescendo, dachte er. Wenn er auch komponierte, würde er sie vielleicht beeindrucken. Ihm waren ja schon öfter Melodien eingefallen… er müsste sie nur aufschreiben. Natürlich sollten sie nach etwas klingen, nach Sehnsucht und Leidenschaft und Liebe und Glück, aber auch nach Unglück und Verzweiflung… Ganz neuartig und interessant sollte es sein, doch in der Tradition der großen Meister… Thomas Richter stellte hohe Ansprüche an sich selbst. Jetzt gab er sich einen Ruck. Gleich morgen wollte er anfangen, ein Stück für Klavier und Cello zu schreiben und es Katharina widmen. Dann würde sie nie wieder von anderen jungen Komponisten reden.

Es klingelte. Er wurde aus seinen Träumereien gerissen. Natürlich! Jakob und Daniela. Er öffnete noch schnell den Deckel seines Klaviers. Fünf Klavierlinge sahen ihn mit großen Augen an. »Es geht los«, sagte Thomas Richter. »Ihr wisst Bescheid. Er muss das Gefühl haben, dass er ein ganz großer Pianist ist.«

»Alles im Griff«, rief Crescendo, dessen Sprache durch den Umgang mit Kaspar und Timo schon etwas gelitten hatte.

»Wir tun unser Möglichstes, Meister Richter«, meinte hingegen der Klavierlingsvater.

Daniela stand vor der Tür. Sie wirkte etwas befangen und sprach ihren Lehrer leise im Flur an. »Ist Crescendo böse auf mich?«

Thomas Richter zuckte die Schultern. »Ich habe nichts gemerkt. Aber der Nachmittag mit Kaspar hat ihm gut getan. Es ging ihm vorher wirklich schlecht.«

Daniela senkte schuldbewusst den Kopf. »Ich glaube, ich habe ihn enttäuscht.«

»Wir sind alle nicht perfekt und enttäuschen oft andere Menschen«, versuchte Thomas Richter sie zu trösten. »Oder eben auch Klavierlinge«, fügte er hinzu. »Du kannst es ja wieder gutmachen.«

»Ich weiß gar nicht, ob er heute mitkommen will. Ich trau mich fast nicht zu fragen.«

Ihr Lehrer nickte verständnisvoll. »Aber du musst ihn fragen.«

»Sein Vater hat bestimmt was dagegen.«

»Das glaube ich nicht«, widersprach Thomas Richter. »Die Familie ist sehr, sehr froh, dass es Crescendo wieder besser geht.«

Dann kam Jakob. »Tag, Herr Richter«, sagte er und fügte sehr freundlich hinzu: »Hallo, Daniela.«

»Hallo«, sagte Daniela so kühl wie möglich und ging ins Musikzimmer. Sie hatte beschlossen, Jakob heute die kalte Schulter zu zeigen. Was hatte ihre Mutter gesagt? Lass dich niemals schlecht behandeln. Sie war sicher, dass Jakob sie schlecht behandelte. Das wollte sie jetzt auch. Dafür würde sie ihre Freunde in Zukunft gut behandeln, vor allem Crescendo.

Gemeinsam setzten sie sich ans Klavier und begannen zu spielen. Daniela bemerkte natürlich sofort, was los war: Die Klavierlinge waren am Werk. Sie warf einen fragenden Blick auf Thomas Richter, aber der zwinkerte ihr nur amüsiert zu. Jakob hingegen war völlig fasziniert. »Wie das heute klingt! Können wir noch mal?«

»Ihr habt eben gut geübt und jetzt erntet ihr den Preis für euren Fleiß«, versuchte der Musiklehrer zu reimen. Jakob sah mit schlechtem Gewissen zu Daniela hinüber. Er hatte eigentlich überhaupt nicht geübt. Nur die Viertelstunde, die er bei Daniela gewesen war. Danach war er ja gleich wieder geflüchtet. Vielleicht war Daniela heute so gut? Aber die beachtete seine Blicke nicht und sah auf das Notenblatt.

Jetzt kapierte Jakob gar nichts mehr. Die war doch bisher anders gewesen. Die hatte ihn doch immer angelächelt und so. Ist die jetzt zickig geworden? Hatte er was falsch gemacht? Wollte er mal nett sein zu ihr – war's wieder verkehrt. Naja, vielleicht war sie sauer, weil er bei der Probe so schnell verschwunden war. Aber er war halt auch sauer gewesen, weil ihn die Jungs nicht zum Fußballspielen mitgenommen hatten. Eigentlich wollte er ja auch gar nicht mit diesen kleinen Jungs kicken… Spielte er noch richtig? Auf alle Fälle klang es wunderbar.

Daniela hörte immer wieder, wie sich die Klavierlinge Kommandos zuriefen: »Acceleranda, zur Verstärkung zum zweigestrichenen C! Da macht jemand nur Fehler! Das kann ja wohl nicht Daniela sein!« Daniela musste kichern. Die Klavierlinge hatten offenbar mit Jakob mehr Arbeit als mit ihr. Ein schönes Kompliment. Oder nicht? Er spielte wirklich schauderhaft.

Jakob war richtig begeistert von seinem Klavierspiel. »So gut war ich noch nie«, sagte er.

Thomas Richter und Daniela zwinkerten sich wieder zu.

»So schön könnte es öfter klingen«, meinte Herr Richter und hoffte, dass Jakob nun auch mehr Lust zum Spielen kriegen würde.

Hinterher packte Jakob seine Noten ein. Immer wieder schielte er zu Daniela hin, die gerade ihre Tasche zumachte. »Gehen wir auf eine Cola?«, fragte er vorsichtig.

Aber Daniela schüttelte nur den Kopf. »Nein. Ich muss noch was mit Herrn Richter besprechen.« Dann guckte sie wieder weg. Mann, ist die pampig, dachte Jakob. Dabei hatte ich das Gefühl, dass die in mich verschossen ist. Schade. Jetzt, wo ich sie grade ein bisschen netter finde… Jakob verabschiedete sich und ging.

Daniela sah ihren Lehrer schüchtern an. »Meinen Sie, Crescendo redet mit mir?«, flüsterte sie.

»Probier's«, flüsterte der zurück, aber Daniela traute sich nicht.

»Crescendo«, rief Herr Richter laut, »wären Euer Hochwohlgeboren so freundlich, das Fräulein Daniela zu empfangen?«

Aus dem Klavier kam ein Freudenschrei. »Ich lasse bitten!«, rief Crescendo. Jetzt machte Daniela das Klavier auf, grüßte höflich die ganze Klavierlingsfamilie und holte ihren Freund heraus.

»Es tut mir Leid«, sagte Daniela leise. »Alles tut mir Leid. Dass ich so wenig Zeit gehabt habe und immer mit diesem Affen… Naja, du weißt schon.«

»Ja, ich weiß«, nickte Crescendo. »Mir tut es auch Leid. Alles.«

»Aber du hast doch gar nichts angestellt«, meinte Daniela erstaunt.

»Trotzdem«, beharrte Crescendo.

»Kommst du mit?«, fragte Daniela und Crescendo strahlte.

»Wir werden uns einen wundervollen Abend machen«, sagte er und dachte bei sich, heute würde er Daniela einmal ganz weit sein Herz öffnen – nicht nur ein bisschen.

Die Rolle passt nicht mehr

Es war ein wundervoller Abend. Und er wäre es auch geblieben, wenn... Ja, wenn Crescendo seinen Mund gehalten hätte. Aber man kann nicht erwarten, dass er das verschweigt, was ihn am meisten beschäftigt. Irgendwann musste sein Geheimnis eben raus. Wer kann schon immer in sich vergraben, was er so denkt und fühlt?

Daniela spielte Klavier, Crescendo lief im Klavier auf und ab und verhinderte Fehler, dann übten sie Tischfußball, denn Crescendo wollte unbedingt das nächste Mal besser sein als seine Geschwister. Später spielte Daniela Saxophon und Crescendo hörte zu. Manchmal gab er Daniela Tipps, wie sie ihr Spiel musikalischer und inniger gestalten könnte: »Das G etwas länger und zarter«, sagte er, »es muss im Raum zerschmelzen.« Daniela bemühte sich, dass aus den Noten auf dem Papier wirkliche Musik wurde. Da war dann auch Crescendo zufrieden.

Frau Langdorf kam irgendwann herein und sah ihre Tochter erstaunt an. »Du übst aber heute lange.«

Daniela nickte: »Macht auch Spaß.«

»Es wäre mir lieber, du würdest jetzt aufhören – es ist schon spät.« Daniela nahm das Mundstück ab und fing an, das Saxophon zu putzen. Dabei summte sie leise vor sich hin. Crescendo sah nun seine Chance, ein bisschen mehr über diesen Jakob zu erfahren.

»Du hast dich heute von diesem Jungen abgewandt«, sagte er und versuchte, dass es möglichst beiläufig klang.

»Woher willst du das wissen?« Daniela wurde hellhörig. Darum bemühte sich Crescendo, besonders harmlos dreinzusehen.

»Ich vernehme im Klavier doch jeden Laut.«

»Er ist doof«, sagte Daniela. »Die ganze Zeit tut er so, als wäre ich Luft für ihn. Das wollte ich ihm heimzahlen.«

»Er war sehr erstaunt, dass du nicht mit ihm gehen wolltest.«

»Soll er ruhig«, brummelte Daniela und packte ihr Saxophon weg. »Der kann mich mal.« Damit war nun Crescendo zufrieden. Er war zwar nicht sicher, was »Er kann mich mal« bedeuten sollte. Aber so, wie Daniela es gesagt hatte, klang es nicht gerade freundlich. Es klang wie: »Diese Sache ist für mich erledigt.«

Daniela stellte das Bett für Crescendo auf ihren Nachttisch, legte es mit Stofftaschentüchern aus und lächelte den Klavierling freundlich an. »Mach es dir bequem. Ich gehe noch schnell Gute Nacht sagen und ins Bad. Ich bin gleich wieder da.«

Crescendo legte sich in das Bett. Es passte nicht! Er stieß mit dem Kopf oben an und trotzdem ragten unten seine Füße raus. Ich bin gewachsen, dachte er und freute sich riesig. Ich werde groß, wie ich es mir gewünscht hatte. Er setzte sich an den Rand des Nachttisches und baumelte mit den Beinen, während er auf Daniela wartete. Das war erst der Anfang, dachte er. Ich muss mir Mühe geben, dann bin ich bald so groß, dass Daniela mich ernst nimmt, nicht nur als Freund – sondern so wie Jakob.

Überrascht sah Daniela Crescendo an, als sie zurück ins Zimmer kam. »Du hast dich ja noch gar nicht hingelegt.«

Crescendo lächelte glücklich. »Das ist nicht möglich. Das Bett ist zu klein.«

»Quatsch!«, sagte Daniela, aber es tat ihr sofort Leid, dass sie so grob reagiert hatte. Für sie war »Quatsch« zwar ein ganz normales Wort, aber Crescendo fand es sehr unhöflich. Also versuchte sie, es so vornehm zu sagen, wie es in Crescendos Familie üblich war. »Das ist ein Ding der Unmöglichkeit«, flötete Daniela. »Wir haben doch ein Bett gefunden, das genau passt für dich.«

»Ich bin gewachsen«, sagte Crescendo stolz und stand auf, damit Daniela ihn in seiner vollen Größe bewundern konnte.

Daniela sah sich Crescendo genau an: »Meine Güte! Das stimmt! Dein Anzug ist ja zu klein!«

Crescendo nickte stolz. Er hatte zwar bemerkt, dass sein eleganter Anzug nicht mehr ganz so gut saß, aber erst jetzt war er sicher, dass er wirklich gewachsen war. Er musste offenbar in die Höhe geschossen sein, wenn er nicht einmal mehr ins Bett passte.

Um Daniela einen Beweis seiner neuen Körpergröße zu liefern, legte Crescendo sich hin. Daniela traute ihren Augen nicht: Der Klavierling war tatsächlich zu groß für das kleine Bett.

Sie setzte sich und sah ihn erstaunt an: »Warum wächst du plötzlich? Ist das bei Klavierlingen so?«

Crescendo schüttelte den Kopf. Nun war es an der Zeit, Daniela ein Geständnis zu machen. Wenn er ihr die Wahrheit sagte, würde sie ihn umso mehr mögen. »Nein, für gewöhnlich werden Klavierlinge nicht soooo groß, wie ich es bin«, sagte er. Stolz schwang in seiner Stimme mit.

»Eben«, meinte Daniela. »Ich kann mich noch erinnern, wie deine Mutter mal sagte, ihr wäret froh, dass Acceleranda nicht mehr wächst, weil sie sonst nicht mehr so schnell wäre.«

Crescendo nickte: »Das ist richtig.«

»Aber warum wächst du?«, fragte Daniela völlig verwirrt.

Crescendo setzte sich auf den Rand seines Bettes und schlug die Beine übereinander, wie das die Erwachsenen oft machen, wenn sie sich unterhalten. Er wollte jetzt sehr erwachsen wirken, dabei war er aber furchtbar nervös. Er versuchte, dies vor Daniela zu verbergen. »Ich möchte wachsen«, sagte er, »und so groß werden wie du.«

Daniela sah ihn zunächst erstaunt an, doch dann lachte sie aus vollem Herzen: »Da fehlen aber noch ein paar Zentimeter!« Aber dann sah sie, dass Crescendo gekränkt war. »Entschuldige, ich seh jetzt auch, dass du gewachsen bist«, fügte sie schnell hinzu. »Vorher warst du so groß«, sie zeigte ihren kleinen Finger, »jetzt bist du so groß.« Sie zeigte ihren Ringfinger. »Das ist ein ganz schönes Stück.«

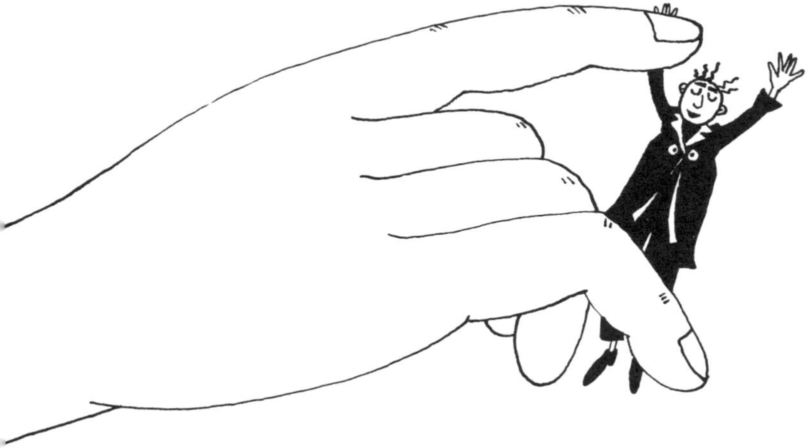

Crescendo nickte, er fühlte sich verstanden. »Es ist erst der Anfang«, sagte er und sah Daniela dabei bedeutungsvoll an, was die aber nicht merkte.

»Warum willst du eigentlich groß werden?«, fragte sie und lenkte damit das Gespräch genau in die Richtung, wie Crescendo es haben wollte.

»Du willst doch auch groß werden«, antwortete er. – »Klar«, meinte Daniela, »aber das ist bei uns Menschen ganz normal.«

»Deshalb will ich es auch!«, bekräftigte Crescendo und dachte, nun müsse sie verstehen. Aber sie schüttelte den Kopf und sah ihn fragend an.

Crescendo holte tief Luft: »Ich möchte so groß werden wie du. Ich möchte mit dir durch die Stadt gehen und ich möchte mit dir Eis essen. Ich will immer bei dir sein. Ich will dein Freund sein.«

Daniela hoffte inständig, dass sie Crescendo falsch verstanden hatte. Sie versuchte, die Unterhaltung noch einmal abzubiegen. »Aber du bist doch mein Freund.«

Crescendo nickte, doch dann schüttelte er den Kopf. »Ich will dein Freund werden wie Jakob.«

»Jakob ist nicht mein Freund«, widersprach sie, fast eine Spur zu heftig.

»Ich will dein Freund werden, so wie... so wie...« Crescendo wusste nicht, wie er das erklären sollte.

Daniela hingegen kapierte allmählich, was der Klavierling ihr sagen wollte. Aber sie tat, als ob sie ihn nicht verstehen würde: »Komm, wir legen uns jetzt hin und morgen…«, versuchte sie abzulenken, aber Crescendo blieb dabei: »Ich möchte groß werden. Ich möchte, dass du mich so ansiehst, wie du Jakob ansiehst.«

Daniela wurde flau im Magen. Der Klavierling wusste also, dass sie in Jakob verliebt war. Wussten es alle anderen auch? Herr Richter? Aber das war jetzt nicht so wichtig. Was Crescendo ihr so umständlich sagte, hieß: »Ich bin verliebt in dich!« Sie starrte ihn verblüfft an. Sie fühlte sich nicht geschmeichelt. Es war nicht angenehm, dass sich ausgerechnet der Klavierling in sie verguckt hatte. Viel lieber wäre es ihr gewesen, wenn sich Jakob für sie interessiert hätte. Crescendo hatte schon Recht. Als fingergroßer Zwerg hatte er keine Chance bei ihr. Also wollte er wachsen. Aber er würde nie so groß werden wie ein Mensch! Oder etwa doch? War er dann immer noch unsichtbar? Und wenn man ihn sehen konnte, wollte sie wirklich mit einem Jungen herumlaufen, der so geschraubt redete, der so altmodisch war? Oder würde sich das dann auch ändern?

Viele Fragen gingen Daniela durch den Kopf, während Crescendo sie beobachtete und auf eine Antwort wartete.

»Es geht nicht«, sagte sie irgendwann einmal leise und senkte den Kopf, um Crescendo nicht ansehen zu müssen. »Es ist so ein Gefühl, das kommt von selbst. Das spürt man dann als Herzklopfen oder wie Schmetterlinge im Bauch.«

»Das weiß ich«, unterbrach Crescendo sie. »Das ist bei Klavierlingen nicht anders.« Dabei sah er sie bedeutungsvoll an, und sie erkannte, dass er wirklich Schmetterlinge im Bauch hatte.

»Aber dieses Gefühl kann man nicht erzwingen«, flüsterte sie. Crescendo rutschte vom Bett, hockte sich auf den Nachttisch, zog nun seine kleinen Beine an und umfasste sie mit den Armen. Er sah nun gar nicht mehr erwachsen aus, sondern wie ein kleines Kind, dem jemand weh getan hatte. »Gefühle können wachsen – so wie ich«, unternahm er noch einen letzten Versuch.

Aber Daniela senkte die Augen, als er sich bemühte, sie direkt anzusehen. »Man kann das nicht erzwingen«, wiederholte sie.

Es war sehr, sehr lange still im Raum. Daniela hörte ihre Armbanduhr ticken, sie hörte, wie ihre

Eltern ins Bett gingen, so spät war es schon. Sie sollte längst schlafen, aber das ging nicht. Das Gespräch mit Crescendo war zu wichtig. Hoffentlich fängt er nicht an zu weinen, dachte sie. Wenn er wegen *irgendwas* weint, dann kann ich ihn trösten. Aber wenn er meinetwegen heult, was mache ich dann? Wenn ich ihm über die Haare streichle, denkt er vielleicht, er hätte doch Chancen.

Crescendo sagte nichts, er weinte auch nicht. Er hatte seinen Kopf auf die angezogenen Knie gestützt und die Augen geschlossen. Daniela betrachtete ihn. Wie würde er wohl aussehen, wenn er richtig groß wäre? So wie sie oder noch größer, wie ihre Eltern? Würde er einen Bart bekommen? Was für einen Beruf hätte er wohl? Würde er so werden wie alle anderen Menschen?

Crescendo kroch plötzlich in sein zu kleines Bett und zog die Beine an. Das war zwar unbequem, aber er würde sowieso nicht schlafen können. Daniela sah, wie zusammengekauert er lag. Aber was sollte sie machen? Er konnte doch unmöglich bei ihr im Bett schlafen! Sie legte sich hin, murmelte schnell »Gute Nacht« und machte das Licht aus.

Beide schliefen wenig in dieser Nacht. Crescendo starrte in den dunklen Raum. Ob Daniela jetzt wenigstens mit ihm befreundet bleiben wollte? Und würde das gut gehen? Wie sollte er es ertragen, wenn sie zwar nett zu ihm war, aber zu anderen netter? Würden sie noch Spaß zusammen haben, noch etwas gemeinsam unternehmen? Oder würde sie ihm aus dem Weg gehen?

Daniela dachte auch nach. So war das also, wenn man jemandem eine Abfuhr geben muss. Auch nicht viel schöner, als eine Abfuhr zu kriegen. Kein Wunder, dass Jakob sich so komisch verhielt. Er hatte gemerkt, dass sie sich in ihn verliebt hatte. Das war ihm peinlich. Also zeigte er ihr, dass sie ihm gleichgültig war. So musste er ihr nicht sagen: Nein danke, da läuft nichts. Vielleicht wollte er ihr auch nicht weh tun.

Deshalb und damit sie bloß nichts von Verliebtheit sagte, hatte er den Coolen gespielt.

Das hatte ihr sehr weh getan. Aber vielleicht hätte es ihr noch weher getan, wenn sie mit ihm über ihre Gefühle geredet hätte – so wie Crescendo gerade – und er hätte ihr einen Korb gegeben. Armer Crescendo! Er war jetzt bestimmt traurig. Ich hätte ihm gerne was Netteres gesagt, dachte sie.

Zwischen den Stühlen

Daniela hatte jetzt nicht nur ein Problem mit Crescendo, sondern auch mit Jakob. Die Wut auf ihn war verflogen. Durch Crescendos Geständnis und ihre Ablehnung hatte sie erfahren, wie weh es einem selber tun konnte, wenn man jemand anderem weh tun musste. Jakob war nicht nett zu ihr gewesen, gewiss. Aber vielleicht hatte er nur Angst gehabt, er würde was Falsches sagen. Sie beschloss, ihn in Ruhe zu lassen, weder freundlich noch unfreundlich, sondern einfach ganz sachlich zu sein. Schließlich mussten sie nur noch miteinander das Klaviervorspiel hinter sich bringen... Das hatte sie Herrn Richter versprochen.

Ob sie noch einmal bei ihr zu Hause gemeinsam üben würden? Oder ob sie sich nur noch bei Herrn Richter sähen und sich sonst aus dem Weg gingen? Sie wusste es nicht. Sie wusste nur, dass sie Jakob auf keinen Fall ansprechen wollte. Sonst würde der noch denken, sie sei in ihn verliebt. Und dann würde er vielleicht so grob sein, wie sie es zu Crescendo gewesen war. Nein, das wollte sie nicht erleben.

So stand Daniela auf dem Schulhof auch wieder in der Mädchenecke. Denn es lohnte sich nicht, herumzuspazieren und auf Jakob zu warten. Doch schon in der ersten Pause kam Jakob auf die Ecke zu, wo Daniela mit ihren Freundinnen stand. »Huh, was will der denn hier?«, fragte Danielas Freundin Carolin. Daniela aber wurde abwechselnd heiß und kalt. Sie wusste sofort: Er kommt meinetwegen.

In einiger Entfernung blieb Jakob stehen. Es war blöd, auf ein Mädchen zu warten. Vielleicht ließ sie ihn ja einfach da stehen. Da würde er ganz schön bescheuert aussehen. Aber irgendwie sollten sie doch miteinander reden. Schon wegen der Probe und Aufführung und so… Und außerdem war sie das letzte Mal so komisch gewesen. Das konnte er gar nicht vertragen. Fand sie ihn jetzt nett oder nicht? Naja, er war ja auch nicht nett zu ihr gewesen. Vielleicht war sie deswegen sauer? Eines wusste er: Wenn er noch einmal bei Langdorfs mit ihr üben könnte, dann würde er kein Wort mehr über Fußball reden und dafür die Kekse essen, die ihre Mutter hinstellte.

Daniela zögerte, aber dann ging sie ihm doch entgegen, mit weichen Knien und klopfendem Herzen. Er wollte ihr bestimmt sagen, dass er nicht mehr mit ihr spielen mochte. Sie würde das völlig cool aufnehmen. Nur die Schultern zucken, sich umdrehen und wieder gehen. Lässig stellte sie sich vor Jakob hin.

Wie die dasteht, dachte Jakob, absolut lässig. Gleich wird sie mir eine Abfuhr geben. Aber dann nahm er seinen ganzen Mut zusammen. »Die letzte Probe bei Richter war toll«, sagte er. Daniela nickte nur. Sie wusste nicht, worauf er hinauswollte.

»Echt toll«, fing er noch einmal an. »Ich hab schon fast an deine Klavierlinge geglaubt.« Daniela sah ihn erstaunt an. Damit hatte sie wirklich nicht gerechnet.

Jakob beugte sich leicht vor zu ihr und sprach leise: »Mittendrin dachte ich nämlich, ich würde Stimmen hören.« Er trat wieder einen Schritt zurück und lachte. Ja, dachte Daniela. Das waren die Kommandos, die sich die Klavierlinge zugerufen haben. Sie lächelte nur vorsichtig.

Dann sagte sie: »In vierzehn Tagen müssen wir vorspielen.«

Jakob nickte. »Genau. Und deshalb denk ich, wir sollten noch ein paar Mal miteinander üben. Wie wär's mit heute Nachmittag?«

Daniela nickte bloß. Es hatte ihr die Sprache verschlagen.

Die Probe lief richtig gut. Offenbar hatte Jakob die Stücke geübt. Er konzentrierte sich beim Spielen, dachte nicht an Kaspar und Timo, nicht an Fußball und auch nicht daran, wie er am schnellsten aus dem Zimmer rauskommen könnte. Daniela war immer noch sehr unsicher. Deshalb hatte Jakob das Kommando übernommen. Er fragte, ob sie etwas noch einmal von vorne spielen, wann sie mit einem anderen Stück weitermachen sollten. Er gab den Einsatz und sagte, an welchen Stellen sie noch Probleme hätten.

Nach einer halben Stunde sah er Daniela von der Seite an: »Es wär mir echt lieber, du würdest auch mal was sagen.«

»Warum?«, fragte Daniela. »Ist doch alles okay.»

»Trotzdem. Du sagst jetzt mal, was wir spielen sollen, du zählst, du unterbrichst.«

Daniela wunderte sich. Auf einmal musste sie sich befehlen lassen, das Kommando zu übernehmen. Vielleicht war es besser, nicht ganz so scheu zu sein. Denn sie saß ja da wie vom Blitz getroffen.

Daniela dachte sich einen Trick aus: Sie wollte sich jetzt vorstellen, da säße Kaspar, nicht Jakob. Dann wäre es überhaupt kein Problem, ihn herumzukommandieren. Das tat sie schließlich oft und gerne. Sie musste nur aufpassen, dass sie nicht aus Versehen zu Jakob »Holzkopf« sagte, wie sie es bei Kaspar manchmal tat.

Nach der Probe packte Jakob seine Noten ein. Daniela wünschte sich nichts sehnlicher, als dass jetzt ihre Mutter hereinkäme mit Saft und Keksen. Dann könnte sie ihn auffordern, noch dazubleiben. Aber so… Selber wollte sie das nicht sagen. Jakob hatte offenbar einen ähnlichen Gedanken. Er sah Daniela fragend an: »Deine Mutter heut nicht da?«

Daniela schüttelte den Kopf. »Arbeit.«

»Dacht ich mir schon – wegen der Kekse.«

»Ich kann auch welche holen«, sagte Daniela schnell und lief in die Küche. Als sie wiederkam, saß Jakob auf dem Sofa.

»Ich hab 'ne CD dabei. Da ist ein Stück drauf, das wir spielen. Können wir uns anhören.«

Sie hörten sich nicht nur das eine Stück an, sondern die ganze CD.

Als Frau Langdorf nach Hause kam, traf sie Daniela und Jakob einträchtig im Wohnzimmer sitzend. Sie öffnete die Tür, zuckte zusammen, murmelte »Entschuldigung« und wollte schon wieder hinausgehen. Aber da fiel ihr ein, dass das auch ihr Wohnzimmer war. Außerdem hatte Daniela anscheinend gar nichts dagegen, ganz anders als die letzten Male.

»Sollen wir ihr vorspielen?«, fragte sie Jakob. »Wir müssen doch mal mit Publikum trainieren.«

Jakob nickte. Und so kam es, dass sie an diesem Tag noch einmal Klavier spielten. Frau Langdorf hörte zu und machte sich ihre eigenen Gedanken. Die hatten mit erster Liebe zu tun und damit, wie anstrengend es doch manchmal war, jung zu sein und verliebt…

Jakob lächelte zaghaft, als er sich verabschiedete. »Sollen wir übermorgen noch mal?«, fragte er. »Oder ist dir das zu viel?«

Daniela schüttelte den Kopf. »Aber nein! Schließlich wollen wir doch richtig gut sein, oder?«

Was mach ich bloß, wenn das Vorspielen vorbei ist, dachte sie. Soll ich Herrn Richter fragen, ob ich nicht trotzdem Stunde mit Jakob haben kann? Oder ist das doof? Wahrscheinlich will Jakob das gar nicht. Aber dann beschloss sie, noch einmal darüber nachzudenken. Denn Herr Richter würde ihr diesen Wunsch sicherlich nicht abschlagen.

Zu klein – zu groß – was nun?

Thomas Richter hatte andere Sorgen. Denn seit Daniela Crescendo zurückgebracht hatte, saß dieser traurig in einer Ecke des Klaviers und brütete vor sich hin. Seine Eltern sahen es mit Argwohn, aber Crescendo sprach nicht mit ihnen, ebenso wenig wie mit seinen Geschwistern.

»Was ist in ihn gefahren?«, fragte die Klavierlingsmutter besorgt.

»Seit er alleine bei Daniela war, ist es so«, gab Glissando zu bedenken und die Eltern sahen sich besorgt an.

»Wie ich es vorausgesehen habe!«, seufzte der Vater und wandte sich an seine Frau: »Sprich du mit ihm. Ich glaube nicht, dass er mir etwas von seinen Gefühlen mitteilt.«

Das Gespräch mit Crescendo war kurz. Er sagte nur, dass er nie wieder Daniela besuchen, aber auch nicht hier bleiben wolle, dass sein Leben keinen Sinn mehr habe und so weiter. Seine Mutter versuchte alles, um ihn zu trösten. Sie sagte, beim ersten Verliebtsein sei das oft so, und die Dinge würden sich nicht immer so entwickeln, wie man das gerne hätte. Das wäre bei Menschen und Klavierlingen gleich. Aber Crescendo hörte gar nicht zu, starrte nur trübsinnig vor sich hin und wollte nicht einmal mehr Töne essen.

Erst Tage später packte ihn der Hunger so stark, dass er beschloss, wieder über die Saiten zu hüpfen. Das hatte ihm doch immer großen Spaß gemacht, vielleicht würde es ihn von seinem Kummer ablenken. Erfreut sah seine Familie, dass er sich wieder zu ihnen gesellte, als Thomas Richter mit dem Üben anfing.

Doch: Crescendo war nicht nur für sein Bett bei Daniela zu groß geworden, sondern auch für seine Arbeit als Klavierling. Er brauchte viel zu lange, um die Saiten und Hämmerchen zu erreichen, er war nicht mehr wendig und schnell

genug. Fassungslos blieben sein Vater und er stehen und sahen sich an. Dann klopfte der Vater heftig gegen das Holz. Thomas Richter unterbrach sein Spiel und guckte in den Kasten. »Ist was?«

»Wäre es sehr unverschämt von mir, Euch zu bitten, erst in einigen Minuten mit dem Üben fortzufahren? Wir haben ein Problem.«

Der Pianist sah fragend auf seine Klavierlinge, doch Crescendo hielt den Kopf gesenkt und die anderen sahen ernst drein.

»Kann ich helfen?«, fragte Thomas Richter.

Der Klavierlingsvater antwortete: »Das wird sich zeigen.«

Der Musiker nickte und schloss den Deckel.

»Abspülen statt üben«, murmelte er vor sich hin. »So komm ich endlich dazu, meine Küche aufzuräumen.«

Der Vater hatte sich mit Crescendo in eine Ecke zurückgezogen. »Ich habe wohl gesehen, dass du etwas größer geworden bist, aber dein Wachstum scheint nun den Rahmen unseres Daseins zu sprengen«, fing er an. Da war Crescendo klar, dass dies ein sehr ernstes Gespräch werden würde. »Mir ist nicht bekannt, dass ein anderer Klavierling jemals diese Größe erreicht hätte«, fuhr der Vater fort. »Es sei denn, er habe dies selber durch innigstes Wünschen und falsches Verhalten herbeigeführt.«

»Was ist denn falsches Verhalten?«, fragte Crescendo, obwohl er genau wusste, was sein Vater gemeint hatte.

»Hast du Speise der Menschen zu dir genommen? Nur der winzigste Bissen würde schon genügen!« Crescendo sagte nichts. Und sein Vater verstand das als Schuldeingeständnis. »Ich habe deine Gefühle für Daniela stets respektiert, dich aber vor den Folgen einer zu starken Verbindung mit den Menschen gewarnt.«

»Ja«, flüsterte Crescendo. »Ich weiß.«

»Du hast nicht auf mich hören wollen. Nun

ist es zu spät.« Crescendo sah seinen Vater fragend an. Der schüttelte langsam den Kopf. »Es gibt kein Zurück. Du bist zu groß für die Arbeit eines Klavierlings. Ich bin ratlos.«

Auch Crescendo war ratlos. Zu klein für Daniela, zu groß, um bei seinen Eltern zu bleiben – was sollte bloß aus ihm werden? Der Vater legte tröstend seinen Arm um ihn: »Ich bemühe mich, dir keine Vorwürfe zu machen, mein Sohn. Wir suchen eine Lösung, die dir angemessen ist und uns alle glücklich und zufrieden macht. Es wird sie geben!«

Draußen hörte man ein dezentes Räuspern, dann klopfte Thomas Richter ans Klavier.

»Öffnet ruhig«, rief der Klavierlingsvater. Der Deckel ging auf und das Gesicht des Musikers beugte sich über die Klavierlinge.

»Wir müssen Euch sprechen, verehrter Meister«, sagte der Vater und deutete besorgt auf Crescendo.

Es wurde ein langes Gespräch. Alle Klavierlinge saßen auf dem Tisch, und Herr Richter hörte aufmerksam zu. »Ich weiß so schnell auch keine Lösung«, sagte er. »Aber ich werde darüber nachdenken. Natürlich werden wir irgendeine Möglichkeit finden.« Aber insgeheim war er sich da nicht so sicher. Ein zu großer Klavierling – was sollte er mit dem nur machen?

Crescendo wollte nicht im Klavier übernachten. Er bat darum, dass ihm Herr Richter ein eigenes Bett unter der Büste von Johann Sebastian Bach machte. Wenn er nicht mehr im Klavier leben und arbeiten konnte, dann mochte er dort auch nicht schlafen. Außerdem wollte er ein bisschen alleine sein und nachdenken – so erklärte er es den anderen.

Thomas Richter ging an diesem Abend aus. Daniela wollte er in die Sache nicht verwickeln, sie würde vielleicht ein schlechtes Gewissen bekommen, wenn sie erfuhr, dass Crescendo ihretwegen so viele Probleme hatte. Er hoffte vielmehr, er könnte eine Lösung finden, und die dann Daniela und den anderen präsentieren. Er wollte mit Katharina darüber sprechen. Sie war aber nicht zu Hause. Zufällig traf er die Nachbarin. Die sagte ihm, vor einer Stunde habe sie Katharina getroffen, die gerade in ein Konzert gehen wollte. Katharina habe ihr erzählt, dort werde das Werk eines jungen Komponisten uraufgeführt, den sie gut kenne und der sie dazu eingeladen habe.

Und da war es auch für Thomas Richter ein trauriger Abend. Er ging von Eifersucht geplagt durch die Stadt. Crescendo lag unter der Nase des gipsernen Johann Sebastian Bach in seinem Bett, und die übrigen vier Klavierlinge saßen im Klavier und schwiegen.

Doch nicht alle waren traurig an diesem Abend. Kaspar zum Beispiel durfte bei Timo übernachten und erzählte ihm von seinem Plan, die Klavierlinge zu verkuppeln.

»Die können doch nicht immer alle aufeinander hocken. Wir suchen ihnen 'ne andere Familie. Dann sollen sie untereinander heiraten, und jedes Paar kriegt ein eigenes Klavier.«

»Wie willst du denn andere Klavierlinge finden?«, fragte Timo, der bei sich dachte, dass Kaspar die Sache wieder mal sehr, sehr einfach sah.

»Wir fangen bei den Klavieren im Geschäft deines Vaters an«, meinte Kaspar. »Und dann gehen wir durch alle Geschäfte mit Klavieren in der Stadt. Irgendwo müssen ja noch Klavierlinge sein!« Timo hatte da seine Zweifel, aber er wollte seinem großen Freund nicht widersprechen.

»Meinst du nicht, wir sollten sie erst mal fragen, ob ihnen das recht ist?«, wandte er schüchtern ein.

Aber Kaspar war da ganz sicher. »Hab doch gesehen, wie Crescendo sich anstellt. Besser, er hat 'ne Freundin.« Damit war die Sache für Kaspar gegessen. »Nächste Woche fangen wir an. Da ist in der Schule nicht mehr so viel los.« Dann drehte er sich um und schlief ein.

Niemand konnte so schnell einschlafen wie Kaspar. Es war eine Sache von Sekunden. Timo aber nahm sich vor, die Klavierlinge bei Gelegenheit erst mal zu fragen, ob sie das überhaupt wollten. Sonst machen wir uns nur 'ne Menge Arbeit – und alles ist umsonst, dachte er. Was wäre, wenn sie noch mal eine Familie fänden, aber die würden sich mit der Crescendo-Familie nicht vertragen…? Doch irgendwer müsste sie aufnehmen und ernähren! So einen gutmütigen Menschen wie Herrn Richter finden wir bestimmt nicht mehr, dachte Timo. Und dann haben wir sie an der Backe. Dann schlief auch er ein.

Die Flucht ins Ungewisse

Thomas Richter kam nach Hause und machte sich einen Kräutertee. Er trank eine Tasse, dann wechselte er doch lieber zu Rotwein. Irgendwie passte Kräutertee nicht zu seiner Stimmung. Er sah kurz nach den Klavierlingen, die noch im Instrument schliefen. Und auch Crescendo unter der Bach-Büste lag ganz still. Dann nahm Thomas Richter ein leeres Notenblatt und setzte sich an den Küchentisch. Er wollte etwas Schönes komponieren. Für Cello und Klavier, mit viel Gefühl. Ich muss das einfach schaffen, dachte er. Dann hätte ich diesem Schnösel was entgegenzusetzen. Der war jetzt mit Katharina in einem Konzert. Vielleicht ein Lied über den Namen Katharina, überlegte Thomas Richter weiter. Bach hatte doch auch seinen Namen in einigen Kompositionen verwendet. b – a – c – h: Vier Noten, und was er daraus alles gemacht hatte!

Thomas Richter trank einen Schluck Wein, dann schrieb er den Namen »Katharina« aufs Papier. K gibt es nicht als Note, also muss ich mit einem A beginnen. Ein T gibt es auch nicht, aber ein H. Dann noch ein A, aber kein R, kein I und kein N und wieder ein A. a – h – a – a. Meine Güte, dachte er, was soll denn daraus werden? Plötzlich fiel ihm wieder ein, dass Katharina in diesem Augenblick neben dem Komponisten im Konzert saß. Ob sie etwa glücklich war? Ob sie überhaupt noch mit ihm auftreten wollte? Düster starrte er vor sich hin.

Als der Meister Richter nach ihm sah, hatte sich Crescendo schnell hingelegt und die Augen geschlossen. Aber nachher saß er zu Füßen der Bach-Büste und grübelte. Was sollte aus ihm werden? Als Klavierling konnte er nicht mehr arbeiten, Daniela wollte ihn auch nicht haben, zumindest war sie nicht verliebt in ihn. Er war also zu nichts nütze. Ausgeschlossen aus der Welt im Klavier, ein Problem für seine Familie, ohne Freunde, ohne Zukunft…

Crescendo beschloss fortzugehen. Irgendwo auf dieser Welt musste es doch ein Leben geben für ihn! Daniela hatte ihm einmal ein Märchen vorgelesen, in dem einer in die Welt hinauszog, um sein Glück zu machen. Das wollte er auch versuchen. Hier gab es für ihn nichts mehr zu tun. Und was hatte er schon zu verlieren?

Crescendo sah sich um: Wie sollte er aus dem Haus kommen? Wohin er gehen wollte, darüber machte er sich noch keine Gedanken. Irgendwie musste er erst mal hier raus. Er kletterte von der Bach-Büste auf einen kleinen Tisch, von dort auf eine Stuhllehne, von dort auf das Fensterbrett. Das Fenster stand offen. Thomas Richter war oft sehr nachlässig. Er hatte wohl keine Angst, dass sich Einbrecher für seine Wohnung interessierten, hatte er doch nur das Klavier – und das war zu schwer, um es zu stehlen.

Draußen wurde es allmählich hell. Thomas Richter saß noch immer am Küchentisch, sein Kopf war nach vorn gesunken – er war eingeschlafen über seinem Kummer und seinem Notenpapier.

Crescendo saß draußen auf der Fensterbank des Wohnzimmers. Er sah die Katze des Nachbarn und fürchtete sich. So ein großes Tier! Hatte Daniela nicht einmal erzählt, dass Katzen Mäuse und Vögel jagen? Was war, wenn sie ihn für eine Maus hielt? Aber die Katze kümmerte sich nicht um Crescendo, sondern ging weiter.

Der Klavierling wollte seinen Weg fortsetzen und sprang in den Vorgarten. Herr Richter wohnte zwar im Erdgeschoss, aber für Crescendo war es ein Riesensprung – selbst wenn er ein bisschen gewachsen war.

Jetzt steckte der Klavierling in einem Erdhaufen fest. Sein Anzug war verdreckt. Mühsam befreite er sich und sah sich um. Wohin nur? Nach links? Nach rechts? Auf die Straße? War das nicht zu gefährlich? Crescendo ging bis zum Rand des Beetes. Das war beschwerlich, denn die Erdbrocken überall waren groß. Außerdem standen hier auch noch viele Farne und Blumen. Crescendo sah neben sich Ameisen kriechen. Die waren noch kleiner als er und kamen trotzdem von der Stelle. Allerdings hatten sie auch mehr Beine und trugen nicht so einen engen Anzug. Dann erschrak er fürchterlich. Eine riesige Schnecke kroch von einem Blatt, das sie zur Hälfte aufgefressen hatte. Ob Blätter wohl gut schmecken, fragte er sich und pflückte ein Eckchen ab, das er sich in den Mund schob. Pfui Teufel! Sofort spuckte er das Blatt wieder aus. Aber dabei stellte er fest, dass er gewaltigen Hunger hatte. Wovon sollte er in Zukunft überhaupt leben? Darüber hatte er ja noch gar nicht nachgedacht!

Crescendo versuchte weiterzugehen. Aber auf der Erde des Vorgartens war das gar nicht so leicht. Jedes noch so kleine Steinchen türmte sich vor ihm wie ein unüberwindlicher Felsen. Ging er um das Steinchen herum, stieß er garantiert auf ein merkwürdiges Tier oder auf einen kleinen Erdbrocken, die ihm das Vorwärtskommen erschwerten. Endlich erreichte er den Rasenstreifen, der den Vorgarten vom Bürgersteig trennte. Erschöpft sank er ins Gras, doch das piekste. Mit viel Mühe schaffte er es, einen kleinen weichen Platz zu finden. Todmüde sank er um und schlief ein.

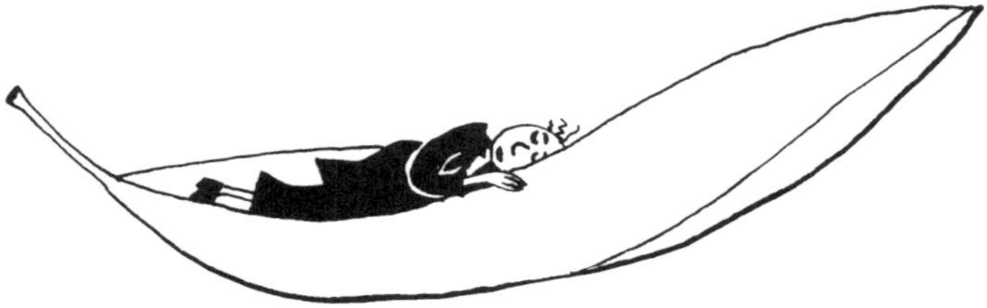

Thomas Richter erwachte. Er machte sich Tee, räumte das Weinglas und die Flasche weg und sah auf sein musikalisches Werk: a – h – a – a. Sehr weit war er noch nicht gekommen. Ob man mit diesen vier Tönen überhaupt eine schöne Melodie finden konnte? Aber hatte nicht der große Beethoven aus nur zwei Tönen den ersten Satz seiner fünften Symphonie gezaubert? Zwei Töne – genau wie in seinem Werk, das er noch gar nicht geschrieben hatte. Thomas Richter seufzte. Er war leider nicht Beethoven…

Er setzte sich mit seiner Tasse Tee ans Klavier und spielte. Die Nachbarn mochten das morgens um acht ja nicht besonders, umso mehr aber die Klavierlinge. Sie hatten Hunger und brauchten ihr Frühstück. Er hatte heute keine Lust auf Frühstück. Er hatte Kummer. Ob Crescendo wohl mit den anderen im Klavier frühstücken wollte? Daran hatte er nicht gedacht! Er würde ihn fragen. Thomas Richter stand auf und ging zu Johann Sebastian Bach. Crescendo war nicht da!

»Crescendo? Wo bist du?«

Keine Antwort. Unruhig sah er sich um. Dabei setzte er vorsichtig einen Fuß vor den anderen. Was, wenn der Kleine auf dem Boden stand? Er würde ihn zertreten!

»Crescendo? Nun komm doch raus!«

Thomas Richter spürte sein Herz rasen, ihm wurde heiß vor Angst, aber er versuchte, ruhig zu bleiben. Wenn ich jetzt panisch schreie, merken die anderen Klavierlinge was. Um Himmels willen! Was werden sie sagen, weil ich auf Crescendo nicht ordentlich aufgepasst habe!

Thomas Richter suchte und suchte. Er hob dort ein Stückchen Papier und lugte hier hinter eine Vase. Er sah sogar auf dem Schrank und unter der Heizung nach. Dabei machte er sich die heftigsten Vorwürfe. »Ich habe gewusst, dass es ihm schlecht ging«, murmelte er. »Ich habe ihn allein gelassen.« Doch er fand Crescendo nicht.

Der Pianist setzte sich auf einen Stuhl und starrte vor sich hin. Aus dem Klavier hörte er Glissando: »Großer Meister, gibt es heute nichts mehr?«

Stimmt. Das Frühstück für die Klavierlinge war sehr kurz und mager ausgefallen. Aber er hatte weder Kraft noch Nerven, Klavier zu üben. Und er wusste genau, wenn er seinen Klavierlingen den Grund dafür nannte, würde auch ihnen der Appetit vergehen. Allerdings konnte Crescendo noch nicht lange weg sein. Aber er durfte nicht den einsamen Retter spielen. Er brauchte jede mögliche Hilfe, um Crescendo wiederzufinden – auch wenn ihm sowohl die Klavierlinge als auch die Kinder Vorwürfe machen würden.

Thomas Richter ging zum Klavier, holte schweigend alle vier Klavierlinge heraus und setzte sie auf den Tisch. »Ich muss euch ein Geständnis machen: Crescendo ist fort.« Er schilderte, wo er schon überall gesucht hatte, und er erzählte auch von seinem Plan: »Ich rufe

Daniela, Kaspar und Timo an. Sie sollen uns helfen.« Zu seinem großen Erstaunen machten ihm die Klavierlinge keine Vorwürfe.

»Auch wir hätten ihn nicht im Stich lassen dürfen«, meinte die Mutter. »Auch wir wussten, dass er in einer verzweifelten Lage sein muss

Thomas Richter fühlte sich getröstet. Er war mit seinem Kummer und seinen Selbstvorwürfen nicht allein.

Bei Langdorfs war wie immer langer Samstag. Das hieß: Alle lagen im Bett außer Kaspar, der war Frühaufsteher. Er spielte Fußball, nicht in Wirklichkeit, sondern mit seiner Playstation. Er war der FC Bayern München, und wer die anderen waren, das war ohnehin egal. Er gewann sowieso immer. Und wenn nicht, dann brach er das Spiel ab und begann von vorne.

Fast hätte er das Telefon nicht bemerkt, doch dann hörte er, wie sein Papa die Treppe herunterkam.

»Das muss ein Wahnsinniger sein!«, rief Herr Langdorf. »Am Samstag früh! Ich zeige ihn an!«

Doch noch bevor er das Telefon erreichte, schnappte Kaspar es sich.

»Da hätte ich ja gar nicht aufstehen müssen«, brummelte Herr Langdorf. »Wärst du schon nach dem dritten Klingeln hingegangen, würde ich noch schlafen.« Mit diesen Worten schlurfte er wieder die Treppe hinauf.

Kaspar hörte ihn nicht mehr. Nachdem er »Kaspar Langdorf« ins Telefon gesagt hatte, war die ganze Geschichte aus Herrn Richter herausgesprudelt. Kaspar musste sich erst setzen.

»Manno«, sagte er. »Das ist ja ein Hammer!«

Und dann versprach er das fast Unmögliche: »Wir kommen sofort.«

Eigentlich wollte die Familie Langdorf heute einen Ausflug machen mit Picknick am See. Aber das hat Zeit, dachte sich Kaspar. Er weckte zuerst Daniela und erzählte ihr alles kurz und knapp. Dann kommandierte er: »Schreib Mama und Papa einen Zettel und erklär es, so gut es geht. Ich rufe Timo an.«

Daniela mochte es gar nicht, dass Kaspar ihr Anweisungen gab, aber sie war im Moment noch zu verschlafen, um zu protestieren. Sie zog sich an, putzte ihre Zähne, dann schrieb sie auf einen Zettel: »Liebe Eltern. Wir sind weg. Es ist sehr dringend. Das müsst ihr uns glauben. Wir nehmen das Handy mit. Falls wir Hilfe brauchen. Macht euch einen schönen Tag. Kaspar und Daniela.«

Sie schnappte sich einen Apfel und biss hinein. Kaspar war noch nicht fertig mit dem Telefonieren. Er versuchte, Timos Mutter von der Dringlichkeit der Sache zu überzeugen.

»Ich brauche Timo«, war alles, was er immer wieder sagte. Daniela schüttelte den Kopf. So würde er eine Erwachsene nie in den Griff kriegen.

Sie nahm Kaspar einfach den Hörer aus der Hand: »Guten Tag, Frau Raumer, ich bin Kaspars Mutter«, sagte sie und bemühte sich sehr, erwachsen zu klingen. Kaspar piepste fast vor Lachen. Aber Daniela sprach weiter: »Wir wollen heute einen Ausflug machen und da fiel uns spontan ein, wir könnten Timo mitnehmen – weil die beiden Jungs doch so gut befreundet sind.« Daniela lächelte herzlich, wie ihre Mutter das immer tat, wenn sie mit netten Leuten telefonierte. Frau Raumer schien ganz begeistert zu sein von dem Vorschlag. Daniela schaltete den Lautsprecher ein, damit Kaspar mithören konnte.

»Das ist ja furchtbar lieb«, flötete Timos Mutter. »Wir haben nämlich wenig Zeit. Mein Mann muss noch einen Flügel stimmen für ein Konzert heute Abend, und ich arbeite im Laden…«

Frau Raumer redete offenbar gerne. Daniela verdrehte die Augen, Kaspar stampfte wütend mit dem Fuß auf. Aber das half nichts, da mussten sie durch.

Daniela nutzte die erste größere Atempause von Frau Raumer: »Kann ich Timo nicht selbst kurz sprechen?«

»Aber natürlich!«, rief Frau Raumer, und dann hörten sie ein lautes: »Ti – mo!« Endlich kam der ans Telefon.

»Jetzt kannst du ihn mir geben«, sagte Kaspar.

Aber Daniela drehte sich weg: »Timo?«, fragte sie.

Und dann ging alles ganz schnell. Notfall – bei Richter treffen – so bald wie möglich.

»Bis gleich«, sagte Daniela und legte auf. Sie

sah Kaspar stolz an: »So macht man das. Nur Erwachsene überzeugen Erwachsene.«

»Es war aber eine Lüge!«, brummte Kaspar.

»Notlüge«, konterte Daniela. »Crescendo zuliebe.«

Dann liefen sie aus dem Haus und holten ihre Räder.

Der Zauber des Cellos

Thomas Richter und die Klavierlinge warteten unterdessen auf die Kinder. Auch Katharina Melzer war da. Die Nachbarin hatte ihr erzählt, gestern Abend sei ein ratloser junger Mann bei ihr vorbeigekommen. Katharina wusste sofort, wer das gewesen war. Aber sie wusste nicht, warum er gekommen war. Hatte sie eine Probe vergessen? Sie war manchmal etwas zerstreut. Dann proben wir wenigstens heute, hatte sie sich gedacht und deshalb gleich ihr Cello mitgebracht.

Doch von Proben war keine Rede. Katharina stellte ihr Cello in die Ecke, während Thomas ihr vom verschwundenen Crescendo berichtete.

Doch trotz allem war er noch schlau genug gewesen, sein angefangenes Notenblatt unter einer alten Zeitung verschwinden zu lassen. Schließlich sollte das Rondo über den Namen Katharina eine Überraschung werden – wenn daraus überhaupt irgendwann mal etwas wurde…

Kurz darauf kamen die Kids. Sie hatten keine Zeit, von ihrem Trick zu erzählen.

»Ich habe mir Folgendes überlegt«, fing Thomas Richter an. »Die Klavierlinge sollen in meiner Wohnung suchen. Ich habe zwar wenig Hoffnung, dass Crescendo noch hier ist, aber vielleicht liegt er doch einfach nur irgendwo und schläft.«

Das stimmte – fast. Denn Crescendo wachte gerade im Vorgarten auf. Wo bin ich, fragte er sich. Doch dann fiel ihm alles wieder ein. Sein Leben als Klavierling war zu Ende, er musste sich eine neue Aufgabe in der großen, weiten Welt suchen. Seufzend erhob er sich und klopfte Erde und Halme von seinem Anzug. Er fror. Er stand mitten in einem Grasstreifen. Auf der einen Seite waren die großen Sträucher und Erdhügel, auf der anderen Seite lag der Bürgersteig, wo schon Menschen hin- und hereilten. Da kann ich auf keinen Fall weitergehen, dachte Crescendo. Das ist viel zu gefährlich. Er beschloss, im Gras zu bleiben.

Plötzlich erschien ein Hund, der nicht an der Leine ging, sondern einfach frei herumlief und auch noch auf den Grasstreifen kam, direkt auf Crescendo zu. Der versuchte, sich unter ein paar Löwenzahnblättern zu verstecken. Doch der Hund wollte nichts von ihm. Er verrichtete bloß sein Geschäft, direkt neben Crescendo, ein riesiger Haufen. Der Kleine wollte weglaufen. Aber es war so schwierig, im Gras vorwärts zu kommen. Ob ich auch so etwas machen muss, wenn ich in Zukunft die Speise der Menschen zu mir nehme, fragte er sich und beschloss, nie wieder etwas anderes als Töne zu essen. Aber ob ihn Töne noch satt machen würden? Und wo wollte

er jetzt Töne herbekommen? Schließlich war er nun in der großen, weiten Welt. Sein Hunger meldete sich wieder, viel stärker und gnadenloser als in der letzten Nacht. Wo kann ich nur hingehen, fragte sich Crescendo.

»Wo könnte er nur hingehen«, fragte auch Daniela beim Krisenrat, »wenn er draußen ist? Er findet sich doch nicht zurecht.«

»Vielleicht trifft er ein Kind, das ihn sehen kann und ein Stück mitnimmt.« Dieser Gedanke kam von Timo.

»Um Himmels willen!«, erschrak Daniela. »Wenn er mit jemand anderem nach Hause geht, finden wir ihn nie mehr.«

»Kennt er überhaupt irgendeine Adresse?«, fragte Kaspar.

Herr Richter nickte: »Er kennt meine Adresse, er kennt eure, er kennt diejenige von Timo und er kennt den Fußballplatz.«

»Ob er da überhaupt hinwill?«, fragte Daniela. »Oder will er ganz weit weg von uns – vielmehr von mir? Ich bin schuld«, sagte sie leise. »Ich habe ihn enttäuscht.«

Katharina Melzer sah sie mitfühlend an. »Du bist nicht in ihn verliebt. Das kann man dann auch nicht spielen. Das musstest du ihm sagen.«

»Aber es hat ihm weh getan.« Daniela starrte traurig vor sich hin.

»Das gehört dazu«, antwortete Katharina. »Ich habe gestern auch einem Menschen weh getan. Weil ich nicht in ihn verliebt bin und es ihm gesagt habe.«

Eigentlich hätte Thomas Richter nun ein Stein vom Herzen fallen müssen. Hatte doch Katharina Melzer dem Komponisten einen Korb gegeben! Aber leider konnte er sich nicht so richtig freuen. »Ich glaube, für Erwachsene ist das leichter«, meinte er leise. »Aber Crescendo…«

»Er möchte gerne erwachsen sein – und das ist ein Teil dieser Tragödie«, mischte sich der Klavierlingsvater ein. Und leise fügte er hinzu: »Wir wissen alle, dass das nicht leicht ist.« Dabei nahm er die Hand seiner Frau und schaute ihr in die Augen.

»Wie geht's jetzt weiter?«, platzte Kaspar in dieses philosophische Gespräch über Liebe. »Wir müssen was unternehmen!«

Timo nickte heftig. Auch ihm war dieses Gewäsch über Gefühle zu viel.

Herr Richter war entschlossen: »Timo geht gleich von hier aus zum Klaviergeschäft seiner Eltern.«

»Sie dürfen mich doch gar nicht sehen!«, rief Timo, aber Thomas Richter blieb hart.

»Du kennst den Weg und seine Tücken am besten. Und wenn Crescendo dorthin unterwegs ist, dann findest du ihn noch auf der Strecke. Denn so schnell kann er nicht sein.«

»Wie soll ich ihn denn finden?«, fragte Timo. »Der läuft vielleicht nicht auf der Straße.«

»Vielleicht doch«, beharrte der Musiklehrer. »Ruf immer leise seinen Namen. Wenn er dich hört, dann kommt er auch. Er ist bestimmt völlig verzweifelt und weiß nicht mehr wohin.« Dann streckte er seinen Zeigefinger hoch: »Er ist noch nicht mal so groß. Stell dir vor, wie riesig die Welt um ihn herum ist.«

Thomas Richter hatte Recht. Die Welt war viel zu groß, das sah Crescendo jetzt ein. Und er wusste auch tatsächlich nicht wohin. Zu Daniela? Nein, die wollte ihn sicher nicht haben. Zu Kaspar? Nein, da traf er Daniela. Zu Timo? Das wäre nicht schlecht, denn dort waren zumindest Klaviere. Aber was sollte er mit Klavieren? Er war doch für den Beruf des Klavierlings zu groß geworden. Er stolperte ein paar Schritte durchs Gras, dann setzte er sich hin und weinte. Doch niemand sah und hörte ihn.

»Kaspar«, sagte inzwischen Thomas Richter, »geht zum Fußballplatz und sucht die Strecke ab.«

Kaspar protestierte: »Ich geh doch nicht die Straße entlang und schrei die ganze Zeit ›Crescendo! Crescendo!‹ Die Leute halten mich ja für blöd!«

Daniela sah ihn wütend an: »Hilfst du jetzt oder nicht?«

»Klar tu ich das«, rief Kaspar. »Aber nicht so.«

»Dann lass es«, sagte Herr Richter resigniert, und er klang ein bisschen sauer. Kaspar sah sich um: Zwei Erwachsene, zwei Kinder und vier Klavierlinge guckten ihn böse an. Er wurde immer kleiner auf seinem Stuhl. »Okay, ich mach's.«

Herr Richter war zufrieden: »Daniela geht den Weg zu eurem Haus ab. Ich glaube immer noch, dass er zuerst dorthin will. Ich suche die Umgebung hier ab. Vielleicht ist er ja gar nicht weit gekommen.«

»Und was mache ich?«, fragte Katharina.

»Wenn du mir helfen würdest…«, meinte Thomas unsicher. Die Klavierlinge stupsten sich an und lächelten, Kaspar und Timo verdrehten die Augen, Daniela sah dezent weg.

»Ich hab's!«, rief Katharina so laut, dass alle erschraken. »Ich setze mich vors Haus und mache mit dem Cello Musik. Wenn er mich hört, wird er kommen. Schließlich hat er bestimmt Hunger.«

Thomas Richter strahlte. »Das ist eine glänzende Idee. Denn mit dem Klavier kann ich mich nicht nach draußen setzen.«

»Logo«, sagte Kaspar und grinste.

Katharina Melzer nahm ihren Cellokasten: »Los geht's. Fangen wir an. Was hört er am liebsten?«

»Bach«, riefen die Klavierlinge wie aus einem Munde.

Katharina lächelte: »Das kann ich ihm bieten.«

Thomas Richter stand auf: »Wir treffen uns in spätestens zwei Stunden wieder hier! Und wir hoffen das Beste!«

Verzweifelter Crescendo! Vielleicht wäre es ihm besser gegangen, wenn er gewusst hätte, wie sehr seine Freunde ihn suchten. Aber er wusste es nicht. Er saß im Gras und weinte noch immer.

Doch auf einmal hörte er wundervolle Töne. Es war nicht Klavier, es war ein Cello. Es spielte… ja, es spielte ein Werk des großen Meisters Bach. Crescendo spürte, dass die Musik ihm gut tat. Sie gab ihm Mut. Wenn er etwas näher hinging, könnte er vielleicht diesen wundervollen Künstler sehen… und vielleicht würden ihn die Töne auch satt machen… und vielleicht – wenn ein Wunder geschah – könnte dieser Musiker ihn sehen und ihm helfen. Voll Zuversicht stand Crescendo auf und machte sich auf den Weg in die Richtung, aus der die Töne kamen.

Timo schlurfte die Straße zur Klavierhandlung entlang. Immer wieder rief er leise »Crescendo«, sah nach links und rechts, fuhr mit der Hand über das Gras und suchte jeden Winkel ab. Es war ihm klar, dass er viele Ecken übersehen würde. Aber er wusste auch, dass er jede Chance nutzen musste, um Crescendo zu finden.

Kaspar rief nur dann »Crescendo!«, wenn niemand in der Nähe war. Aber er suchte sorgfältig, obwohl er nicht glaubte, dass Crescendo ausgerechnet zum Fußballplatz wollte. Aber auch er wusste, dass sie sich an jeden Strohhalm klammern mussten, wenn sie Crescendo wiederfinden wollten.

Daniela machte sich auf den Weg zum Haus ihrer Eltern. Kaum war sie losgegangen, klingelte das Handy in ihrer Tasche. Au weia, dachte sie. Sie sind wach. Sie haben meinen Zettel gefunden und sind sauer. Sie hatte Recht, ihre Mutter war ausgesprochen sauer.

»Wo seid ihr?«, rief sie ins Telefon.

»Wir müssen Herrn Richter helfen«, sagte Daniela. »Er hat gestern etwas Wichtiges verloren.«

»Und da ruft er alle seine Schüler an?«, fragte Frau Langdorf ärgerlich.

»Nicht alle, nur die besten.«

Blöde Ausrede von mir, dachte Daniela.

»Ist das denn so wichtig, dass ihr gleich Samstag früh aus dem Haus lauft?«

»Mama, wie alt bin ich?«, fragte Daniela unvermittelt, und sie hörte, wie ihre Mutter anfing zu stottern. »Äh, elf.«

»Eben«, meinte Daniela. »Ich weiß genau, was ich tue. Hab doch ein bisschen Vertrauen.«

»Das ist aber schwer«, schimpfte Frau Langdorf. »Gerade rief die Mutter von Timo an und entschuldigte sich, weil sie dem Jungen für unseren Ausflug keinen Proviant mitgegeben hat.« Peinlich, peinlich, dachte Daniela. Lügen haben doch kurze Beine! »Was hast du ihr gesagt?«, fragte sie ängstlich.

»Dass das nichts macht«, meinte Frau Langdorf. »Hätte ich ihr sagen sollen, dass meine Tochter sie angelogen hat und Timo mit meinen Kindern verschwunden ist?«

Daniela atmete tief durch.

»Er ist doch bei euch, oder?«, fragte Frau Langdorf.

»Ja, ja«, sagte Daniela. »Wir gehen vom Haus

von Herrn Richter aus in verschiedene Richtungen und suchen… die goldene Uhr, die Herr Richter von seinem Vater geerbt hat und die er gestern verloren hat.«

»Ich habe das Gefühl, du lügst mich an«, sagte Frau Langdorf. »Aber ich will nicht weiter nachbohren. Ich habe jetzt einfach mal Vertrauen. Aber ruf bitte jede Stunde an – und kommt, so schnell ihr könnt.«

»Danke, Mama!«, sagte Daniela noch, aber Frau Langdorf hatte schon aufgelegt.

Jetzt begann Daniela mit ihrer Suche. Doch ihr ging es nicht anders als den Jungs: Die Chance, Crescendo hier auf der Straße zu finden, war wirklich sehr, sehr gering.

Und sie konnten ihn auch gar nicht finden. Denn Crescendo hatte sich inzwischen angeschlichen und lauschte Katharina Melzer. Die hatte die Augen geschlossen und spielte hingebungsvoll Bach. Das ist doch die Freundin von meinem Meister, dachte Crescendo und setzte sich ins Gras. Warum spielt sie vor seinem Fenster?

Im Hintergrund schlich Thomas Richter herum und rief immer wieder leise »Crescendo!«.

Der aber hörte und sah ihn nicht. Es schmeckt wunderbar, dachte er und strich sich über den Bauch. Dann erst merkte er: Töne konnten ihn doch noch satt machen! Er sah entzückt zu der Cellistin hoch. Eine reizende Frau, fast zum Verlieben… Aber dann fiel ihm jäh ein, dass ihn ja seine Gefühle in diese schreckliche Situation gebracht hatten! Ich sollte mich nicht mehr so schnell verlieben, dachte er. Erst mal entlieben. Zwei Mal hintereinander unglücklich verliebt zu sein, das halte ich nicht aus.

In den umliegenden Häusern gingen die Fenster auf, manche hörten zu, andere beschwerten sich, was das am Samstagvormittag sollte. Katharina Melzer stellte sich taub. Crescendo war schon sehr nahe bei ihr, da sah er, wie ein Mann wütend sein Haus verließ und auf sie zukam. Crescendo hatte Angst. Nicht einmal darum, dass er hätte zertreten werden können, als dass dieser Mann Katharina oder ihrem wundervollen Instrument etwas tun könnte.

»Vorsicht!«, rief Crescendo und Katharina öffnete die Augen. Sie sah aber nicht den Klavierling, sondern nur den wütenden Mann, der vor ihr stand und sie anschrie: »Sie verderben den Leuten den Tag mit ihrem Gefiedel!«

»Mein Herr, was erlauben Sie sich!«, rief Crescendo. Aber der Mann hörte ihn nicht. Katharina jedoch hatte das Gefühl, als habe da jemand was gesagt. Aber wo? War da noch jemand? Sie konnte niemanden sehen. Und vor sich auf den Boden schaute sie nicht.

Thomas Richter hörte den Lärm. Katharina war in Not. Sofort eilte er zu ihr, um diesem Banausen die Meinung zu sagen. Doch als er Katharina erreichte, sah er, dass sie schon einen anderen Helden zu ihrer Rettung hatte: Crescendo schimpfte laut und für den Mann unhörbar. Thomas Richter verstand weder, was der Nachbar schrie, noch, was Katharina sagte. Ihm kamen die Tränen, sein Blick wurde verschwommen. Er bückte sich und hob Crescendo auf.

»Crescendo«, sagte er leise, »mein lieber Crescendo. Endlich bist du wieder da.«

Jetzt sah der Nachbar Folgendes: Da saß eine junge Frau vor dem Haus und fiedelte auf einem Cello. Daneben stand dieser verrückte Thomas Richter, der immer Klavier spielte. Er hielt seine Hand so, als würde jemand draufsitzen. Aber da war niemand! Und trotzdem quasselte dieser dumme Mensch mit seiner Hand. Völlig durchgeknallt, dachte der Nachbar.

Katharina Melzer erfasste die Situation sofort: »Entschuldigen Sie bitte«, sagte sie. »Ich höre sofort mit dem Üben auf.« Und damit begann sie, ihr Cello einzupacken. Der Nachbar kehrte verstört auf dem Absatz um und verschwand.

Crescendo hing am Hals von Herrn Richter. Das heißt, er stand auf dessen Schulter und versuchte, seine immer noch viel zu kurzen Ärmchen um Thomas Richters Hals zu legen.

»Meister«, schluchzte er, »Meister. Nie wieder will ich Euch verlassen.«

Es gab noch viele Freudentränen an diesem Tag. Herr Richter ging mit Crescendo zu dessen Eltern und Geschwistern, die die Wohnung abgesucht hatten. Katharina holte die Kinder zurück, die noch nicht weit bei ihrer Suche gekommen waren. Alle lagen sich in den Armen, alle waren überglücklich. Doch dann wurde es plötzlich still. Katharina war die Erste, die sah, was nötig war:

»Ich geh dann mal«, sagte sie. »Ich glaube, Thomas, du hast mit deinen Klavierlingen und vor allem mit Crescendo viel zu besprechen.«

Die Kinder sahen sich an. »Dann gehen wir auch«, beschloss Daniela.

»Ich finde aber, Crescendo sollte auch mit dir reden, Daniela«, meinte Herr Richter.

»Ich komme später vorbei«, sagte Daniela. »Und ich finde, Herr Richter, Sie hätten auch mit Frau Melzer was zu besprechen.«

Sonst wird das nie was mit denen, dachte sie. Herr Richter wurde rot, aber Katharina lächelte nur: »Auch ich komme später noch mal vorbei.«

»Und was machen wir jetzt?«, fragte Kaspar, als er mit Timo und Daniela auf der Straße stand.

Daniela sah auf die Uhr. »Erst zehn Uhr. Ich rufe Mama und Papa an, ob wir unseren Ausflug noch machen können.«

»Und ich?«, fragte Timo zaghaft.

»Du kommst mit!«, rief Kaspar.

»Deine Eltern haben's ja schließlich erlaubt!«, sagte Daniela und grinste ihn an.

Und so gab es bei Langdorfs doch noch einen

Familienausflug mit Timo. Herr und Frau Langdorf sahen die Kinder ab und zu fragend von der Seite an, dann wechselten sie Blicke und zuckten die Schultern: Was sie wohl wieder ausgeheckt hatten? Ob man ihnen wirklich so vertrauen konnte?

»Ich glaube, unsere Kinder haben Geheimnisse vor uns«, sagte Herr Langdorf. »Sie werden erwachsen.« Er sagte das übrigens nicht zum ersten Mal.

Etwas Besonderes sein

»Es ist vielleicht besser, ich spreche erst mit ihm«, flüsterte Thomas Richter dem Klavierlingsvater zu, als alle gegangen waren. Der nickte. Herr Richter warf einen prüfenden Blick auf Crescendo. Denn der hatte sehr enttäuscht ausgesehen, als Katharina Melzer die Wohnung verlassen hatte. »Warum geht sie schon? Kann sie nicht noch etwas Musik machen?«

Das war Thomas Richter verdächtig vorgekommen. War da nicht dieser schwärmerische Ton in Crescendos Stimme, den er bislang nur im Zusammenhang mit Daniela gehabt hatte? Oder täuschte er sich? Spielte ihm die Eifersucht einen Streich? Konnte er auf einen Klavierling überhaupt eifersüchtig sein? Der Musiker beschloss, dieser Frage nicht weiter nachzugehen, sondern sich mit Crescendo nun wirklich ernsthaft zu unterhalten.

»Ich verstehe dein Problem«, sagte er, als Crescendo noch ganz benommen von seinem Abenteuer auf dem Tisch Platz genommen hatte. »Du bist kein Klavierling mehr, aber so groß wie ein Mensch wirst du auch nicht werden.«

Crescendo nickte. »Genau dieser Umstand ist mir gestern Abend sehr bewusst geworden – und deshalb habe ich versucht, mich auf den Weg zu machen in ein neues Leben.«

»Das verstehe ich auch«, meinte Thomas Richter. »Aber die Welt draußen ist zu groß für dich. Ich weiß nicht, ob du dein neues Leben dort findest. Doch zunächst einmal: Wie geht es dir mit Daniela?«

Crescendo senkte den Kopf, und sein Meister konnte nicht erkennen, ob er traurig war oder ob er sich auch ein bisschen genierte.

»Ich versuche gerade, meine Liebe in Freundschaft zurückzuverwandeln«, murmelte er.

Thomas Richter lächelte: »Wie macht man das?«, fragte er. »Vielleicht kann ich das auch noch einmal brauchen.«

»Oh nein«, rief Crescendo, »das Fräulein Katharina ist Euch aufrichtig zugetan, das kann ich sehen.«

Der Pianist freute sich über die Beobachtung Crescendos, die, so hoffte er, richtig war.

»Du musst Daniela verstehen«, fing Thomas Richter noch einmal an. »Du bist sehr klein, die meisten Menschen können dich nicht sehen, du bist aus einer anderen Zeit und aus einer anderen Welt.«

Crescendo nickte: »Das weiß ich. Es gibt keine Möglichkeit, sich vollkommen der heutigen Zeit anzupassen – und wenn ich es genau betrachte, so will ich das auch nicht. Ich bin kein Mensch.«

Thomas Richter zögerte einen Augenblick, doch dann sagte er leise: »Aber du bist auch kein Klavierling mehr.«

»Oh doch«, widersprach Crescendo. »Ich bin ein Klavierling. Aber ich kann meinen Beruf nicht mehr ausüben, weil ich zu groß bin.«

»Du sitzt zwischen allen Stühlen – zu groß für das Klavier, zu klein für unsere Welt«, meinte Thomas Richter und Crescendo nickte.

»Ich wollte über die Welt des Klaviers hinauswachsen, und das ist mir auch gelungen.

Aber ich kann nicht in die Welt der Menschen gehen. Ich muss meine eigene Welt finden.«

Thomas Richter wollte ihn nicht mutlos machen, aber er wollte ehrlich sein: »Das wird nicht leicht, Crescendo.«

Der Klavierling nickte: »Werdet Ihr mir helfen?«, fragte er zaghaft.

Thomas Richter lächelte. »Ich lasse dich doch nicht im Stich«, sagte er und hielt ihm, quasi als Versprechen, den Zeigefinger hin, auf den Crescendo dann seine Hand legte.

»Ist es Euch schon einmal passiert, dass Ihr Euer Herz an eine Dame gehängt habt, die es nicht haben wollte?«, fragte Crescendo nach einer kleinen Pause, und Thomas Richter lächelte traurig in Erinnerung an seine früheren Fehlschläge.

»Und ob«, meinte er ehrlich, »ich bin nicht gerade ein Frauenheld.«

»Und was habt Ihr unternommen, um Euch wieder zu entlieben?«, fragte Crescendo.

Der Musiker merkte, dass es jetzt wichtig wurde: »Also. Erst habe ich immer geweint, mehr für mich, still und heimlich. Das darfst du aber nicht weitererzählen.«

Crescendo nickte. Geweint hatte er schon.

Was kam dann?

»Ich habe Freunde besucht und Menschen, die nett zu mir sind. Das ist gut für das Selbstbewusstsein.«

Crescendo nickte wieder. Das kannte er auch schon. Als er damals mit Kaspar und Timo auf den Fußballplatz gegangen war, da hatte er einen ganzen Nachmittag nicht an Daniela gedacht. Und es war ihm sehr gut gegangen. Er hatte Spaß gehabt und musste viel lachen.

»Dann habe ich versucht, mich abzulenken«, meinte Thomas Richter. »Ich habe viel Musik gemacht und bin ins Kino gegangen – oder so. Einfach um an was anderes zu denken.«

Crescendo überlegte. Das wäre nicht schlecht. Eine Beschäftigung zu finden, die ihn ablenken würde.

»Ich wäre sehr glücklich, wenn Daniela mehr für mich empfinden könnte«, murmelte er, noch nicht überzeugt von dem Entliebungsplan, den ihm Herr Richter vortrug.

»Sie empfindet sehr viel für dich«, meinte der. »Sonst wäre sie ganz anders. Wenn ich früher auf eine Klassenkameradin zugegangen bin, weil ich sie gern mochte, dann hat so manche nur gelacht oder ist mit einem anderen Jungen ausgegangen. Und ich stand dann da wie ein Idiot. Du kannst wenigstens sagen, dass Daniela und du beste Freunde seid. Es fehlt nur ein bisschen… Gefühl.«

»Aber es ist ein sehr entscheidendes bisschen Gefühl«, flüsterte Crescendo.

»Doch du verlierst sie nicht als Freundin«, meinte Thomas Richter. »Es wird eben nur nicht mehr daraus.«

Crescendo war eine Weile still, dann räusperte er sich: »Ich werde noch ein bisschen weinen«, fing er an. »Ich werde aber vor allem meine Freunde besuchen und mich ablenken. Und ich bin bestrebt, eine richtige Aufgabe für mich zu finden.«

Thomas Richter lächelte ihm zu. »Du hast sehr, sehr gute Freunde, Crescendo. Du hast eine Familie. Du hast mich. Auch wenn du jetzt zwischen allen Stühlen sitzt, du bist auf keinen Fall allein.«

Dem Klavierling traten Tränen in die Augen, so gerührt war er.

Dann zog er sich ins Klavier zurück. Er wollte sich auch mit seiner Familie aussprechen, schließlich gehörten sie immer noch zusammen.

»Du musst deinen eigenen Weg gehen«, sagte sein Vater und seine Mutter nickte, obwohl sie sehr traurig aussah. »Wir haben dir in diese Welt verholfen, aber nun, da es nicht mehr deine Welt ist, suche dir den Weg, der zu dir passt«, fügte sie hinzu. »Du kannst jederzeit zu uns zurückkehren, aber es wird für dich wohl nicht mehr möglich sein, bei uns zu leben.«

Das wusste Crescendo. Er hatte diese kleine, enge Welt des Klaviers verlassen wollen und das hatte er geschafft, auch wenn ihm nicht klar war, wohin sein Weg ihn führen würde.

Thomas Richter saß unterdessen an seiner Komposition. Ob sie wohl je etwas werden würde? a – h – a – a: Es war wirklich schwer, die vier Töne als eine Art Abkürzung des Namens Katharina zu verstehen. Den ganzen Nachmittag grübelte er, spielte die vier Töne, versuchte eine Melodie daraus zu entwickeln. Da hörte er es im Klavier klopfen. Er stand auf und hob Crescendo heraus.

»Großer Meister, was malträtieret Ihr Euer Instrument mit den immer gleichen Tönen?«, fragte Crescendo. Der Pianist gestand ihm seine

Verlegenheit. Ein Lied für Katharina, das müsste doch zu machen sein. Crescendo setzte sich auf die Notenablage am Klavier, wo auch das Notenblatt stand. Leise fing er an zu summen und immer klarer wurde in kurzer Zeit eine Melodie erkennbar.

»Aber das ist ja wunderbar!«, rief der Musiker entzückt. »Das geht zu Herzen, ist traurig und fröhlich zugleich, es ist etwas Neues und beruht doch auf dem Alten – das ist genial!«

Crescendo lächelte. »Es ist mein Gefühl. Ich habe es in diese Melodie gesteckt«, sagte er bescheiden.

»Es ist deine Komposition«, meinte Thomas Richter, »die kann ich nicht verwenden.«

»Das könnt Ihr wohl, großer Meister«, antwortete Crescendo. »Denn die Melodie ist nur ein Anfang. Alles Weitere fehlt noch: die Begleitung, die Weiterführung der Melodie, Ihr wisst ja selber.«

Thomas Richter fing sofort an, aus dieser Melodie ein richtiges Lied zu machen, ein Rondo über den Namen Katharina. Crescendo saß dabei, gab ihm Tipps und half, wenn Herr Richter nicht mehr weiterwusste.

Plötzlich klingelte es. Erschreckt fuhren beide hoch.

»Katharina!«, rief Thomas. »Sie wollte noch einmal vorbeikommen!« Schnell kramte er die Notenblätter zusammen und versteckte sie unter dem Tablett, das auf dem Tisch stand. Dann lief er zur Tür und öffnete. Es war aber nicht Katharina, sondern Daniela.

»Unser Ausflug ist vorbei«, sagte sie, »und ich wollte noch einmal nach Crescendo schauen.«

Verlegen sahen sich Crescendo und Daniela an. Der Musiklehrer zog sich dezent in die Küche zurück, dort gab es immer genug zu tun.

»Es tut mir Leid, dass ich dir so viel Kummer gemacht habe«, fing Crescendo an.

»Es tut mir Leid, dass du meinetwegen gewachsen bist und jetzt nicht mehr ins Klavier passt«, antwortete Daniela.

»Das ist nicht deine Schuld«, sagte Crescendo. »Ich glaube, es ist auch gut so. Vielleicht finde ich eine andere Aufgabe im Leben.«

»Es tut mir Leid, dass ich mich nicht in dich verlieben kann«, flüsterte Daniela. »Es geht einfach nicht.«

»Man kann nichts erzwingen«, sagte Crescendo altklug. »Das habe ich jetzt verstanden. Doch sag mir, liebe Freundin, wie ist es dir gelungen, dich von diesem Jakob zu entlieben?«

»Meine Mama hat gesagt, wenn mich jemand schlecht behandelt, dann soll ich ihm nicht auch noch nachlaufen.«

»Du hast ihr davon erzählt?«, fragte Crescendo überrascht. Daniela schüttelte den Kopf. »Sie hat was gemerkt«, sagte sie. »Ich hab dann einfach mehr mit Freunden gemacht, die nett zu mir sind und sich freuen, wenn sie mich sehen.«

Crescendo nickte. Die Idee kannte er schon von Herrn Richter.

Daniela sagte Crescendo allerdings nicht, dass Jakob inzwischen wieder aufgetaucht und sehr viel netter zu ihr war. Das erzähle ich ihm erst, wenn es ihm wieder besser geht, nahm sie sich vor. Sie guckte unsicher zu Crescendo. »Wir bleiben doch Freunde, oder?«

Crescendo nahm ihren Zeigefinger in beide Hände. »Auf deine Freundschaft möchte ich nicht verzichten.«

Wieder klingelte es. Thomas Richter eilte aus der Küche, wischte sich die Hände an einem Tuch ab, öffnete die Tür und strahlte Katharina an. »Schön, dass du noch einmal vorbeikommst«, rief er. »Ich mache uns Tee.«

»Ob ich wohl verschwinden soll?«, flüsterte Daniela Crescendo zu, aber der schüttelte den Kopf: »Dann bin ich ja ganz allein mit dem Liebespaar.« Sie kicherten beide und hörten, wie der Musiklehrer hektisch das Teewasser aufsetzte. Dann holte er aus dem Wohnzimmer das Tablett und lief zurück in die Küche.

Katharina lächelte Crescendo und Daniela

freundlich zu, dann entdeckte sie die Notenblätter, die unter dem Tablett gelegen hatten. Crescendo erschrak. Er räusperte sich und rief leise nach Herrn Richter, aber der dachte nur noch an Katharina.

»Earl Grey oder Darjeeling«, rief er aus der Küche und Katharina antwortete: »Egal.« Dann begann sie, die Melodie, die Thomas Richter und Crescendo aufgeschrieben hatten, zu summen. Sie war überrascht, setzte sich ans Klavier und versuchte, die Komposition zu spielen. Thomas kam mit seinem Tablett aus der Küche und sah die Bescherung. Verlegen stellte er das Teegeschirr ab und hörte zu.

»Was ist das?«, fragte Katharina. »Das ist ja wunderschön.«

Crescendo und Herr Richter wechselten einen Blick. »Es soll ein Stück für Cello und Klavier werden«, sagte der Pianist – und nun schauten sich Daniela und Katharina überrascht an.

»Der Melodie liegt dein Name zu Grunde. Aber weil Katharina so wenige Noten enthält, ist es halt nur a – h – a – a.«

Katharina lachte: »Das merkt man der Melodie gar nicht an, dass du von so einem langweiligen Motiv ausgegangen bist.«

»Es ist nicht meine Melodie«, sagte Thomas Richter leise, »sie ist von Crescendo. Mir ist nämlich nichts eingefallen.« Katharina nickte Crescendo anerkennend zu.

»Aber alles andere hat der große Meister gemacht!«, sagte der.

»Ihr seid beide recht bescheiden«, meinte Katharina schmunzelnd. »Dabei finde ich das Werk wirklich sehr gelungen. Ihr seid das erste Komponistenteam, das ich kenne.« Thomas und Crescendo sahen sich stolz an. »Wir beide werden das zusammen uraufführen«, entschied Katharina, »und dann wirst du die Komposition veröffentlichen.«

»Aber sie ist nicht von mir!«, rief Thomas Richter.

»Das ist doch kein Problem«, unterbrach ihn Katharina. »Du schreibst einfach drauf: Von Crescendo und Thomas Richter.«

Daniela prustete heraus: »Und wenn die Leute fragen, wer Crescendo ist?«

Katharina zuckte die Schultern: »Es weiß doch jeder, dass Künstler einen Vogel haben. Manche Maler hängen ihre Bilder verkehrt herum auf, manche Geiger buchen in Hotels Doppelzimmer, damit die Geige neben ihnen schlafen kann. Thomas Richter hat dann halt keinen Vogel, sondern einen Crescendo.«

Jetzt lachten alle, aber Crescendo war besonders erleichtert. Er hatte ein Gefühl, als ob plötzlich eine neue Aufgabe in sein Leben gekommen wäre. Vielleicht wurde er Komponist!?! Zusammen mit seinem Meister – das müsste wunderbar sein…

Dieses Mal klingelte es nicht – es klopfte. Herr Richter nahm alle Klavierlinge aus dem Instrument, damit sie an der Diskussion, am Durcheinander, am Lachen und Musizieren direkt Anteil nehmen konnten. Auch sie waren begeistert von der Gemeinschafts-Komposition.

»Es war wirklich schwer«, seufzte Thomas Richter. »Warum heißt du nur Katharina?«

Katharina Melzer lächelte: »Du kannst auch meine anderen Namen als Grundlage für deine ersten Werke nehmen: Agnes und Beate.«

Herr Richter schrieb gleich auf: a – g – es. Crescendo versuchte ihm zu helfen: »Und b – e – a – d – e. Das passt gut!«

Thomas und Katharina sahen sich an und lachten: »Beate schreibt man aber mit t, nicht mit d!«, riefen sie, doch Crescendo irritierte das nicht.

»Wenn es eine schöne Melodie wird, wer könnte sich dann daran stören?«

Es wurde noch ein turbulenter Nachmittag. Denn Crescendo und Thomas Richter machten sich sofort wieder ans Komponieren – und wirklich, wenn der eine nicht weiterwusste, konnte der andere helfen.

Ein letztes Mal klingelte es an diesem Tag bei Thomas Richter. Kaspar und Timo standen vor der Tür.

»Wie geht's ihm?«, flüsterte Timo besorgt, doch dann hörte er das Lachen und Durcheinanderreden aus dem Wohnzimmer.

»Ich glaube, es geht ihm gut«, meinte der Musiklehrer.

»Wir gehen zu einem Flutlichtspiel, die Eltern

haben's erlaubt«, sagte Timo, ganz stolz, dass er heute einmal abends aus dem Haus gehen durfte.

»Wir wollen die Zwerge mitnehmen«, meinte Kaspar, »sollen auch mal an die frische Luft kommen.«

Als Kaspar und Timo ins Wohnzimmer kamen, wurde der allgemeine Trubel noch größer. Thomas Richter nutzte das Tohuwabohu und zog Daniela beiseite in die Küche.

»Ich wollte es nicht in Gegenwart von Crescendo sagen, aber…«, begann er und sah Daniela bedeutungsvoll an. Dann sprach er leise. »Nächste Woche ist doch euer Vorspiel, das von Jakob und dir.«

Daniela nickte und versuchte, möglichst unbeteiligt auszusehen.

Der Musiklehrer sprach jetzt noch leiser: »Jakob hat mich gefragt, wie es nachher weitergehen soll. Ob ihr dann nicht auch noch manchmal zusammen Klavierunterricht haben könntet.«

Daniela sah Thomas Richter ungläubig an. Wollte nicht sie das dem Lehrer vorschlagen? War wirklich Jakob auch auf diese Idee gekommen?

Thomas Richter lächelte. »Ich fände es gut,

denn beim vierhändigen Spiel kann man wirklich viel lernen.«

Daniela lächelte jetzt auch.

»Und außerdem«, fügte Thomas Richter hinzu, »Jakob ist wirklich ganz wild darauf. Er sagt, er übe dann viel mehr.«

Daniela bemühte sich um einen coolen Gesichtsausdruck: »Meinetwegen. Wenn es ihm hilft.«

»Daniela«, rief da Kaspar aus dem Wohnzimmer. »Es gibt Leute, die meinen, du möchtest auch mit zum Fußballspiel.«

»Und ob«, sagte Daniela. Oder sollte sie etwa hier bei dem verliebten Paar sitzen bleiben?

Fünf Minuten später war es ganz still bei Thomas Richter. Crescendo und seine Familie waren mit den Kindern zum Fußball gegangen, Thomas und Katharina saßen vor dem inzwischen kalten Tee und sahen sich an.

»Wenn du dein Cello dabeihättest, könnten wir jetzt proben«, murmelte Thomas, weil ihm gar nichts anderes einfiel.

Katharina lächelte. »Wir werden noch genug Zeit zum Proben haben. Du solltest erst eure Komposition beenden.«

Er nickte. »Geht es dir nicht manchmal auf

die Nerven, dass ich so was wie eine Familie habe?«

Katharina schüttelte den Kopf: »Sie sind alle sehr nett, sie passen zu dir – und immerhin ist Crescendo jetzt dein Kollege.«

Thomas hüstelte verlegen. »Ich möchte, dass sie bei mir bleiben, weißt du«, sagte er.

»Das möchte ich auch«, antwortete Katharina. »Ich hoffe nur, sie haben nichts gegen mich.«

Thomas dachte kurz nach, dann hatte er so ungefähr verstanden. Vor lauter Verlegenheit bekam er rote Ohren. Katharina lachte und nahm ihn bei der Hand.

»Komm, wir gehen spazieren. Es ist einer der letzten schönen Sommerabende.«

Die Kids saßen unterdessen auf der Tribüne des Fußballplatzes. Das Spiel hatte noch nicht begonnen. Daniela unterhielt sich mit Crescendo und seiner Familie.

»Wie geht es weiter?«, fragte sie und alle zuckten nur die Schultern. »Wissen die Menschen immer, wie es in ihrem Leben weitergeht?«, fragte Acceleranda.

»Nein«, murmelte Daniela. »Natürlich nicht. Ich weiß ja auch nicht, was aus mir mal werden soll, oder wohin es mich verschlägt, oder ob ich heirate und wenn ja, wen.«

»So ist es auch bei uns«, nickte die Klavierlingsmutter.

»Ich glaube«, meinte Crescendo, »dass mein Weg für mich der richtige ist.«

Der Klavierlingsvater sah nachdenklich aus. »Es wird schwer sein. Aber ich vertraue auf dein Talent.«

Crescendo schaute seinen Vater stolz an. So etwas Nettes sagte der gestrenge alte Herr nur selten.

Timo hatte das Stichwort »Heiraten« aufgeschnappt. Er stieß Kaspar in die Seite. »Sollen wir jetzt noch für die Zwerge jemanden suchen? Zum Heiraten oder so.«

Kaspar schüttelte den Kopf. »Ich habe mit dem Alten geredet. Er sagt, Acceleranda und Glissando sind noch zu jung und für Crescendo – da finden wir doch nie eine: Mädchen sind zu groß und Klavierlingsmädchen zu klein.«

»Mann, da hat er sich ja was eingebrockt«, meinte Timo.

»Ich finde das gar nicht so schlecht«, sagte Kaspar. »Crescendo war schon immer was Besonderes, aber jetzt sieht man es ihm auch an.«

Und gemeinsam sahen sie stolz auf ihren kleinen Freund, der gerade stürmisch zu jubeln anfing: Die beiden Mannschaften liefen auf das Feld.